KB111061

9년 전의 기도

9년 전의 기도

오노 마사쓰구 · 양억관 옮김

무소의뿔

차 례

9년 전의 기도

九
年
前
の
祈
り

와타나베 미츠 씨 아들이 아픈 모양이야. 조금 전부터 계속 뭐라고 중얼거리는 어머니를 무시하고 핸드폰 화면을 들여다보던 안도 사나에는 그 말을 듣는 순간 부드러운 이슬비에 젖어드는 듯한 그리움에 감싸였다.

"밋짱 언니!"

사나에는 속삭이듯 불러보았다.

아프다. 그런 불온한 말을 들었는데도, 그리고 지금 그녀 처지로는 결코 밝은 미래를 기대할 수 없는데도, 갑자기 구름 사이로 '와타나베 미츠'라는 이름이 한 줄기 빛으로 내려와 사나에를 밝게 비쳤다.

그 부드러운 빛줄기 속에서 무릎을 꿇고 기도하는 초로의 한 여자가 보였다. 빨간 가방을 등에 맨 자그만 아주머니, 밋짱 언니가 머리를 조아린 채 깍지 낀 손 위에 이마를 올려놓았다. 언제까지 저러고 있을 건지. 도무지 일어설 기색이 없다. 그곳은 교회였다. 몬트리올 교회. 스테인드글라스를 통해 내려 비치는,

뭐라 말로 다할 수 없는 색감을 띤 신비로운 빛의 물결이 교회 안을 가득 채웠다. 밋짱 언니를 생각할 때마다 사나에는 예전 이 마을에 살던 시절에 갔었던 캐나다 여행의 기억을 떠올린다. 또렷이 떠오르던 밋짱 언니의 모습이 어머니의 말소리에 흔적 도 없이 사라져 버렸다.

"아들이 많이 안 좋은 모양이던데……."

그리고 크게 한숨을 내쉰 다음 어머니는 말을 이었다.

"네가 이렇게 된 다음부터 밋짱 언니 보기가 힘들어졌어."

사나에는 입을 다물었다. 요즘 같은 세상에 아무리 보수적인 시골이라 해도 홀로 자식을 키우는 젊은 여자가 그리 보기 드 문 일도 아닐 것이다. 사나에의 중학교 친구 가운데 네 명이나 이혼을 했다고, 묻지도 않았는데 툭 말을 던지고는 어이가 없 다는 듯 한숨을 내쉰 것도 어머니였다. 한 반밖에 없는 한 학년 열아홉 명 가운데 미혼도 있을 테니 정말 대단한 숫자다. 귀향 한 지 얼마 되지도 않아 어머니는 고등학교 반창회를 알리는 엽서를 내게 건네주었다. 거기 가면 사나에 자신과 같은 처지 의 싱글맘을 몇 만날 수 있을지도 몰랐다. 그러나 가고 싶지 않 았다. 할 일도 없으면서, 하고 어머니는 은근히 비난조로 말했 다. 아버지는 아무 말이 없었지만 어머니와 같은 생각이라는 건 충분히 알 수 있었다.

올해 서른다섯이 된 사나에는 6개월 전에 아들 캐빈을 데리 고 도쿄를 떠나 이 바닷가 작은 마을로 돌아왔다. 7년 만의 귀

항이었다. 캐빈의 아버지는 여기 말로 외국인, 캐나다 사람이다. 도쿄에서 그와 동거를 시작했을 때, 늘 세상의 눈에 신경 쓰는 부모였던지라 불편한 기색이 역력했다. 어머니는 틈만 나면 전화를 했다. 동거를 시작하고 첫해 동안 걸어 온 전화의 첫머리와 끝머리는 늘 "언제 식을 올릴 거야? 남 보기 안 좋아."였다. 마치 찐빵의 껍질만 뜯어먹는 듯한 대화였다. 첫마디와 마지막 말만이 중요해서 그 안의 팥소는 어머니에게 아무런 의미가 없었다. 어머니는 그녀의 남자 프레드릭하고는 대화를 하려하지 않았다. 프레드릭이 전화를 받고 싶어 한다고 하면, 어머니는 그때만 유독 감탄한 듯이 이렇게 말했다.

"너하고는 달라서 영어를 못 알아들어."

그런 딸을 키워 낸 자신에 대한 자찬이었을지도 모른다. 그래서 사나에는 프레드릭이 사나에가 영어를 잘하는 것보다 더 일본어를 잘한다는 말은 하지 않았다. 어머니가 그하고 대화를 나누지 않으려 한 것이 결과적으로는 다행이었다. 캐빈이 한 살 생일을 맞이할 즈음부터 프레드릭은 더는 집으로 돌아오지 않았기 때문이다.

캐빈은 프레드릭과 살기 시작한 지 3년이 지나서야 겨우 생긴 아이였다. 캐빈이 태어나기 전에 어머니는 수화기 저편에서 아주 심각한 목소리로 물었었다.

"혹시 너 개 키우니?"

또, 사나에는 화가 치밀었다. 소파 위로 던져 버린 핸드폰에서 어머니 목소리가 들려왔다.

"개를 키우면 정이 온통 그쪽으로 옮겨가서 아이가 안 생겨."

어머니 말에 따르면, 그것은 해가 동쪽에서 떠오르고 달이 찼다 기우는 것만큼 보편적인 진실이었다.

"미야다 가오리 짱도 니시가와 치에 짱도 가와가미 욧짱도 모두 개를 없애고 나자마자 임신했다는 거야."

어머니는 힘주어 말했다. 더욱이 미야다 가오리 짱은 어머니의 조언에 따라 임신에 성공했다는 것이다. 그 결과 지금은 셋이나 된다. "그것도 모두 남자애!"라고 외치는 어머니의 목소리는 거의 신을 향한 찬양처럼 떨리고 있었다.

"내가 말해 주길 잘했지. 가오리 짱 어머니는 나를 만날 때마다 얼마나 고마워하는지 몰라." 하고 어머니는 득의양양하게 덧붙였다(이런 대화를 떠올리면 대학 시절에 사귀던 구마모토 출신의 불행한 남자 생각이 난다. 그 남자는 취하기만 하면 어릴 때 엄마나 다름없는 개를 내다버렸다는 이상한 이야기를 했다).

그리고 마침내 사나에는 임신했다. 꽤 시간이 걸렸다. 그러나 태어난 아기가 사내라는 것이 어머니에게는 무엇보다 중요했다. 사나에의 동급생이나 친구가 아이를 낳았다는 소식을 전화로 전하면서도, "그런데 딸애라고 해", "그렇게 고추가 나오길 바라더만"이라고 한마디를 덧붙이지 않고는 지나갈 수 없는 어머니였다. 사나에가 아들 사진을 핸드폰으로 보낼 때마다, "안 보여,

더 크게 보내!" 하고 닦달을 했다. 다시 크게 찍어 보내면 수화기에서 귀를 떼야 할 만큼 큰 소리로 외쳤다.

"어쩜, 어쩜, 어쩜! 이뻐! 봐, 이 커다란 눈! 아기가 어떻게, 이 코 좀 봐! 세상에 이렇게 예쁜 애가 어딨어!"

만일 캐빈이 아빠 엄마와 함께 돌아왔더라면, 그리고 만일 캐빈이 평범한 아이였더라면, 어떤 사태가 벌어졌을지.

지금까지 귀향할 기회는 몇 번이나 있었다. 아이가 없을 때는 그런 말을 들을 때마다 짜증이 나서 일부러 오지 않았다. 캐빈이 태어난 뒤로는 아기 때문에 함부로 나설 수 없었다. 그러나 지금 생각해 보면 아직 아이가 품에 안겨 있을 때 돌아왔어야 했다. 그렇지만 어린아이를 데리고 여행한다는 건 그리 만만한 일이 아니었다.

그러나 이제 귀찮다는 둥 짜증난다는 둥 그런 말을 할 상황이 아니다. 경제적으로나 심리적으로나 여자 혼자 아이를 키우며 도쿄에서 생활한다는 것은 불가능했다. 이 고향 마을까지 신간선과 일반열차를 갈아타면 9시간은 족히 걸린다. 그렇지만 비행기를 타면 하네다─오이타는 고작 1시간 40분 거리였다.

그런데도 만만치가 않았다. 이륙할 때는 아무 일 없었다. 이륙하자마자 캐빈은 눈을 껌벅거리더니 금방 잠이 들어 버렸다. 그러나 도중에 눈을 뜨는 순간 스위치가 켜지고 말았다. 몸을 부르르 떨면서 드세게 울어젖히기 시작했다. 마치 억울하게 심한 매질을 당하기라도 한 듯이. 그럴 때의 아들은 갈가리 찢겨

몸부림치는 지렁이 같았다. 사방에서 날아와 꽂히는 눈길에 온몸이 불에 덴 듯이 아팠다.

사나에는 그 캐나다 여행 때 처음으로 비행기라는 것을 타보았다. 그리고 태어나서 처음 가 보는 해외여행이었다. 그 지역에 국제교류의 기운이 높아지는 가운데 사나에가 임시직으로 일하던 교육위원회에서 JET 프로그램의 외국어 지도교사로 부임한 캐나다 청년 자크 캐로의 기획안을 받아들여 실현된 여행이었다. 위원회는 지역홍보지에 공시해 희망자를 모집했다. 한 마을 한 가지 특산품 운동으로 유명해진 수산가공업이나 양식업 덕분에 세수가 늘어나기도 해서 구청이 기분 좋게 지원금을 내 주었다. 그 덕분에 파격적인 가격으로 해외여행이 가능해진 것이다.

남자들은 일 때문에 일주일이나 자리를 비울 수 없는 형편이고(물론 마을의 여자들도 거의 일을 하고 있었지만), 또는 그 남자들이 낯선 외국여행에 도전할 만한 기개가 없었기에 사나에를 포함하여 일곱 명의 참가자는 모두 여자였다. 20대는 사나에 하나뿐이었다. 나머지는 40대 후반을 넘은 여자들이었다.

자크가 기획한 여정은 버스로 4시간을 타고 후쿠오카 공항으로, 거기서 나리타 공항, 오헤아(시카고) 공항, 토론토 공항까지 이어지는 비행기 여행이었다. 캐나다 토론토에서 몬트리올까지도 비행기였다.

"이렇게 오래 앉아 있기만 하니까 너무 힘들어."

그렇게 불평하면서도 밝고 활기찬 아줌마들은 남쪽나라의 철새 떼처럼 큰 소리로 떠들어댔다. 사나에는 괜히 창피하기도 하고 그래서 멀리 떨어져 앉을 수 없을 때는 고개를 옆으로 돌려 자는 척하곤 했는데, 실제로 자기도 했다.

"어라, 사나에 짱, 젊은 색시가 왜 잠만 자고 그럴까."

누군가가 그렇게 말하자, 재잘재잘, 쏟아지는 햇살 아래서 남쪽 나라의 새떼가 물놀이라도 하는 듯 소리와 햇살이 사방으로 부서졌다. 동행자 가운데 '밋짱' 또는 '밋짱 언니'라 불리는 여자가 있었다. 별 말이 없는 편이지만 늘 생기가 넘치고 누구랄 것도 없이 무슨 일이 있으면 의논도 하고 조언도 구하는 믿음직스런 초로의 여자, 와타나베 미츠. 몬트리올 호텔에서 같은 방에 머물게 된 그날 밤, 그 밋짱 언니한테서 아들 이야기를 들었다.

사나에는 혼잣말처럼, 그러나 어머니가 들을 수 있을 만큼 큰 소리로 말했다.

"밋짱 언니 아들, 그렇게 안 좋아?"

"대학병원에 입원한 모양이야."

어머니는 속삭이듯이 말했다. 늘 크게 말하는 사람이 그러니 더욱 작게 들렸다. 내쉬는 숨소리가 귓가로 다가오는 말을 그냥 지워 버릴 것 같았다. 어머니는 좋은 일이건 나쁜 일이건 그걸 입에 담으면 좋은 일은 불행을 불러오고, 나쁜 일은 악운을 불러온다고 믿는 사람이었다. 그래서 병 그 자체보다도 그 병을 가리키는 말을 더 두려워했다. 마치 독감 바이러스는 '독감'이라는 말에 의해 귀를 통해 감염되고, '암'이라는 말의 울림이 환자의 암세포를 자극하여 증식하게 만들기라도 한다는 듯이.

"어디가 안 좋아?"

사나에는 핸드폰 화면을 바라본 채로 중얼거렸다.

"잘 모르겠어. 네 아버지 말로는 최근에 민생위원회 회의에 밋짱이 안 나와서 이상하다고 생각했는데, 알고 보니 아들이 입원했다는 거야."

사나에는 귀향한 그날 고향 집 문패 옆에 '민생·아동위원'이라고 쓰인 금속판 하나가 붙은 것을 보았다. 솔직히 말해 놀랐다. 중학교 국어선생이었던 아버지는 이곳 출신이 아니었기 때문이다. 아버지의 인간관계는 아주 좁은 범위에 한정되어 있었다. 이 지역의 인간관계라면 빠짐없이 다 알아서 어디 사는 누구라는 이름만 나와도 그 친척들 이름이 줄줄 나오는 어머니하고는 달리 몇 사람 살지도 않는 동네인데도 아버지는 제자들 이름이나 얼굴도 잘 기억하지 못했다. 아버지는 벳부 시 출신으로 구마모토 대학의 교육학부를 나온 다음 현의 남쪽 지역인 이곳 중학교에 부임했다. 여기 진주양식업을 하는 공장에서 진주조개에 '세포'와 '핵'을 주입하는 전문가로 일하는 어머니를 만나 결혼했다. 어머니를 사랑한 나머지 어머니 출신지인 이 땅마저도 깊이 사랑하게 된 사람이었다.

이곳은 지형이 복잡한 리아스식 해안이다. 사나에는 귀향하기 전에 몇 번이나 「포켓몬스터」 그림책을 바라보던 캐빈의 눈앞에서 태블릿 화면에 비친 지도를 확대하기도 하고 줄이기도 하면서(아들이 보지 않는 것을 알면서도) "여기가 엄마 고향이야." 하고 아들의 꼬불꼬불 헝클어진 황갈색 머리카락에 입술을 대고 속삭였다(아들이 아무것도 이해하지 못한다는 것을 알면서도). 바다에는 섬이 두 개 떠 있다. 육지에 가까운 것이 흑섬이고 더 먼 곳에 있는 게 문섬이다. 사나에의 어머니는 바로 그 문섬 출신이다. 두 섬은 육지의 손길을 뿌리치고 드넓은 바다로 달려 나갈 것처럼 보였다. 절대로 놓치지 않으리라며 몇 개의 곶이 서로 힘을 모아 집요하게 잡아끌기도 하고 몸을 뻗치기도 하는 바람에 이렇게 복잡한 해안이 생겨난 것이라고 상상해 보았다.

사나에의 아버지는 사실 아내의 고향인 문섬에서 살고 싶어 했다고 한다. 그러나 전근이 잦은 중학교 교사에게는 불가능한 일이었다. 육지와 섬을 연결하는 연락선은 그 당시에도 하루에 세 편뿐이었다. 배를 놓치면 어부들한테 부탁해서 어선을 타고 가면 되지 않느냐고, 아버지는 별것 아니라는 듯 말한 적이 있었다고 한다.

"늘 그렇게 오가는데 좀 태워 주면 되지 않겠어?"

철저히 현실에 뿌리를 내린 그들의 삶을 잘 아는 어머니는 차갑게 그 말을 일축해 버렸다.

"연료비는 누가 내? 그냥 공짜로 탈 수 있을 것 같아?"

집에서는 숨소리도 크게 못 내는 아버지였지만 학교에서는 숙제를 해 오지 않았거나 반항적인 학생에게 엄한 벌을 주는 것 같았다. 아이는 엄하게 키워야 한다는 것이다.

"선생님, 우리 애가 말을 안 들으면 걱정 마시고 혼을 내 주세요."

그렇게 학부모가 체벌을 요구하는 경우가 많았다. 아버지는 학생을 때린 날이면 뭔가가 조금 달랐다. 마음이 불편한지 집에 돌아와서는 평소와는 달리 농담 한번 하지 않고 변명하듯이 중얼거리거나 했다.

"난 사람을 때리거나 하는 거 별로 좋아하지 않아."

리아스식 해안이 만들어 내는 그 독특한 지형이 아버지를 매료시켰다. 그러나 아버지가 그곳 사람들을 대할 때 어딘지 모르게 내려다보는 듯한 느낌을 사나에는 지울 수 없었다. 주민들 또한, 안도 선생은 조금만 붙임성이 좋았더라면 교감 정도는 되었을 텐데, 라며 아버지를 조금 얕보는 경향이 있었다. '이름이 본질을 나타낸다'라는 말처럼 아버지를 '만년 평교사 안도 선생'이라 불렀다(아버지 이름이 다이라平였다).

그래서 이 땅에 태어나서 자란 어머니가 아니라 타지 사람인 아버지가 민생위원이 된 것에 대해 사나에는 위화감을 느꼈던 것이다. 한편 밋짱 언니 와타나베 미츠가 민생위원이 된 건 너무도 당연했다. 캐나다 여행을 할 때 밋짱 언니는 늘 다른 사람들과 한 점 거리낌 없이 즐겁게 떠들었다. 중심에 선 사람 특유의 밝은 분위기와 안정감이 있었다.

어머니의 다음 말이 들렸다.

"벌써 두 달이나 병원에 있는 모양이던데……"

사나에는 이윽고 어머니 쪽으로 고개를 돌리며 말했다.

"나, 문병이라도 가야 하는 거 아냐?"

"그럼, 그럼, 외국여행도 같이 간 사인데. 게다가 캐빈이 태어났을 때 와타나베 씨가 축의금도 주었거든."

"축의금?"

처음 듣는 말이었다.

"말 안 했던가?"

어머니는 오히려 놀랐다는 표정으로 되물었다. 그리고 득의양양한 표정으로 덧붙였다.

"아무 걱정하지 않아도 돼. 캐빈 통장을 만들어서 거기 다 넣어 두었으니까."

정원의 주차장으로 경자동차가 꽁지를 들이미는 것이 보였다. 아버지는 차에 별 관심이 없어서 20년 넘게 제자가 운영하는 국도 부근의 자동차 정비 및 중고차 판매점에서 차를 사 왔지만, 사나에가 돌아온다고 하자 손자를 태울 수 있는 작지만 공간이 넓은 신차를 사들였다.

"아, '시내'에서 돌아왔어." 하고 어머니가 말했다.

지금은 이웃 시와 병합된 옛날 주민들은 옛날의 중심지를 '시내'라고 했다. 그 '시내'도 많이 변했다. 중심지에 있던 5층짜리 지역 백화점은 아주 오래 전에 워크아웃에 들어갔고, 아케이드 거리에 다닥다닥 붙어 있던 가게들은 거의가 녹슨 셔터를 내려 버렸다. 상업 중심지는 교통이 편리한(그러니까 자동차가 없으면 불편한) 국도변의 교외로 옮겨 갔다. 밭과 들판뿐이었던 땅에 8백 대나 수용할 수 있는 거대한 주차장을 거느린 쇼핑센터가 문을 열고, 그 주변에 새롭게 조성된 주택지가 죽 늘어섰다. 아버지는 아침부터 캐빈을 데리고 그 쇼핑센터에 간 것이다.

캐빈이 어머니가 아닌 할아버지 손을 잡고 외출하기까지는 꽤 시간이 걸렸다. 변화에 너무도 민감한 아이였다. 캐빈의 건강을 보살펴 주는 의사 선생은 이렇게 충고했다. 절대로 서둘지 말 것, 포기하지 말 것, 그리고 억지로 애쓰지 말 것.

그러나 애쓰지 않는 건 고사하고 현실적으로는 늘 감정이 격해져 야단을 치고 만다. 그때마다 캐빈은 갈가리 찢긴 지렁이가 되어 버린다. 사나에는 아들의 몸에 달라붙은 그 지렁이를 어떻게든 떼어 내려 애쓴다. 당연히 지렁이는 저항한다. 캐빈은 제 손으로 제 머리카락을 쥐어뜯었다. 바닥에 드러누워 부서져 버릴까 두려울 만큼 격하게 손발을 버둥거리며 몸부림쳤다.

탁, 탁.

차문 닫는 소리가 들리고 현관문이 열렸다.

"나 왔어."

만년 평교사 아버지 다이라의 활기찬 목소리가 들렸다. 사나에는 가슴을 쓸어내렸다.

아버지는 빛 바랜 은색 머리카락을 7대 3으로 가르고 원근 겸용 안경을 썼다. 크림색 긴소매 셔츠 위에 칙칙한 색감의 엷은 재킷을 걸치고 사이즈가 큰 회색 바지를 입었다.

"캐빈 짱, 어서 와."

어머니 목소리가 들렸다. 아버지 뒤를 따라 집으로 들어온 캐빈을 모르는 사람이 보았더라면 누구도 사나에 아버지의 손자라고는 생각하지 않을 것이다. 어쩌면 사나에의 자식으로도 보지 않을 것이다. 이제 곧 네 살이 되는 캐빈은 아버지 프레드릭을 쏙 빼닮았다. 물결치는 부드러운 머리카락은 사나에의 검고 굵은 머리카락과는 달랐다. '바보 상투'라며 어머니가 늘 놀릴 정도로 사나에는 이마가 좁고 머리카락이 풍성하다. 게다가 사나에는 초등학교 때 남학생들이 넙치라고 놀렸을 만큼 얼굴이 밋밋하다.

그것 때문에 울면서 어머니한테 이르자 아버지는 진지한 표정으로, 넌 절대로 넙치하고 안 닮았어, 라고 말했다. 낚시를 좋아하는 아버지는 딸을 안심시킬 요량으로 이렇게 말을 이었다.

"잘 봐, 사나에. 넙치는 눈이 한쪽으로 쏠렸잖니. 넌 눈과 눈 사이가 오히려 너무 넓어. 엄마랑 꼭 닮았어."

그 말을 듣고 딸은 더 세차게 울었다. 아버지는 딸의 반응이 의외라는 듯 미간을 찌푸리며 딸을 달랬다.

"그렇지만 사나에, 인간은 얼굴이 중요한 게 아니라, 마음이고 성격이야. 안쪽에서 스며 나오는 아름다움이야. 그래서 아빠는 성격미인인 엄마랑 결혼한 거잖아."

그렇게 말하고 아버지는 어머니 쪽으로 눈길을 던지며 즐겁게 웃었다. 어머니는 겸연쩍은 표정을 지었고 딸은 그 말을 듣고 더 세차게 울었다.

하늘에 뜬 솔개의 날개 같은 눈썹, 위로 치켜 올라간 긴 속눈썹에 부리부리한 눈, 우뚝 솟아오른 코. 캐빈은 어머니의 가족 가운데 누구하고도 닮지 않았다. 아버지는 손자하고 둘이서만 같이 있다가는 유괴범으로 오해받을까 너무 너무 걱정스럽다며 손자 얼굴과 자신의 얼굴을 번갈아 가리키며 농담처럼 말했다.

"살이 떨릴 것 같은 얼굴이야. 이렇게 귀여운 애가 내 손자라니, 세상에 누가 믿겠어, 그렇잖아?"

귀향한 지 얼마 되지 않아 그 말이 농담이 아니라고 할 만한 사건이 있었다. 다 함께 쇼핑타운에 갔을 때였다.

사나에는 캐빈과 부모와 잠깐 떨어져 아동복 코너를 보고 있었는데, 같은 층의 구석진 게임코너 쪽에서 비명소리가 들렸다. 목숨이 위태로운 지경에 빠진 작은 동물이 온몸으로 울부짖는 비명이었다.

그 목소리와 함께 당혹감에 가득 찬 아버지의 목소리가 들려 왔다.

"괜찮아, 괜찮아, 엄마 올 거야, 그럼, 그럼, 캐빈 짱, 엄마가 올 거야."

있는 힘을 다해 손자를 달래는 아버지의 팔 속에서 갈가리 찢어진 지렁이가 몸부림치고 있었다. 사나에의 어머니가 버둥대는 지렁이를 끌어안으려 했지만, 지렁이는 더는 상처입기 싫다는 듯 격하게 몸을 뒤틀었다.

"사나에! 빨리, 엄마! 엄마!"

아들이 부르는 소리가 아니었다. 엄마, 엄마, 하며 외친 사람은 아버지였다. 캐빈을 떨어뜨리지 않으려고 꼭 끌어안은 채, 자신의 얼굴 앞에서 터져 나오는 아이의 울음소리에 질 새라 볼륨을 한껏 올린 아버지의 목소리가 쇼핑센터 공간을 가득 채웠다.

"여보……, 그렇게 큰 소리를 내지 않아도……."

어머니는 반쯤은 웃으면서 어이없다는 표정으로 말했다.

손자의 울부짖는 소리에 그 말도 귀에 들어오지 않는 것 같았다. 아버지는 필사적으로 딸을 불렀다.

"어이, 엄마, 어디야! 엄마! 캐, 캐, 캐빈이 울어!"

다른 고객들은 애써 못 본 척하면서 쇼핑을 하고 있었다. 노인이 '엄마, 엄마'를 불러대는 소리에 저도 모르게 픗, 웃어 버리는 사람도 있었다.

"어디야, 엄마! 어이, 엄마!"

사나에는 바로 달려가지 못했다. 어쩔 줄 몰라 하는 부모를 멀리서 바라만 보았다.

"왜 그래?"

품으로 뛰어드는 캐빈을 안으며 사나에는 물었다.

"왜 그러고…… 안 그러고…… 그러고 안 그러고…… 없지 뭐, 엄마……."

후우, 후우, 숨을 내쉬며 아버지가 말했다.

할아버지가 안아 올리자마자 공황 상태에 빠져 버린 캐빈은 어머니 품을 벗어난 새끼 원숭이처럼 비명을 질러댔던 것이다. 손발을 퍼덕거리며 할아버지 품에서 벗어나려고 했다. 소중한 손자를 바닥에 떨어뜨려 다치게 하고 싶지 않은 아버지. 그러나 손자는 더 거세게 머리를 뒤로 젖히고 몸을 뒤틀며 버둥거렸다. 아버지의 머리카락은 마구 헝클어졌고 이마에는 구슬 같은 땀이 배었다. 어깨를 드세게 아래위로 오르내리며 코 위에 비뚤게 걸린 안경 너머로 사나에의 목덜미에 얼굴을 묻은 손자의 뒤통수를 한스러운 눈길로 맥 없이 바라보고 있었다.

돌아오는 차 안에서 아버지는 평소의 활기찬 모습은 온데간데없이 입을 꾹 다물었다. 예전 학교에서 아이에게 손을 댄 날 그러했듯이.

"말을 해도 알아듣지를 못하니 어쩔 수 없는 노릇이지……. 괜찮아, 괜찮아, 선생님, 아무 걱정하지 마시라니까."

자신을 정당화할 생각은 아니지만 캐빈은 아무리 말을 해도 알아듣지 못할 때가 있다. 상처 입은 지렁이가 어찌 사람의 말을 알아들을까. 그 말이 절실하면 할수록 그것이 날카로운 유리 파편이 되어 상처 입은 지렁이의 몸을 마구 그어댄다. 경련은 더 격해지고 몸부림은 더 처절해진다.

집에 거의 와서야 운전을 하던 아버지가 겨우 입을 열었다.

"이노우에 다츠 형님한테 들은 말인데……."

그 사람은 우체국에서 은퇴한 아버지의 낚시 친구였다.

"고베에 사는 다츠 형님의 딸이 지난번 연휴 때 캐빈하고 동갑내기 아이를 처음으로 데리고 온 모양이야. 그런데 그 아이가 여태 한 번도 본 적 없었는데도 방긋 웃으며 그 형님 품에 안겨서 떨어지려 하지 않았다고……."

아버지가 핸들을 살짝 꺾었다. 길을 건너다 치어 죽은 족제비 두 마리가 널브러져 있었다. 어미와 새끼일 것이다. 크기는 다르지만 사체는 동시에 부패해서 비슷하게 통통 불어 있었다.

잠시 입을 다물고 있던 아버지가 다시 입을 열더니 뒷좌석에 사나와에 같이 앉은 손자를 향해 중얼거렸다.

"그 이야기를 듣고, 피가 통하니까 별다른 말을 하지 않아도 그냥 통할 거라고 생각했더니만……, 아무래도 크게 착각한 것 같아…… 캐빈?"

캐빈은 아무런 반응도 보이지 않았다. 캐빈은 매끄러운 침묵의 돌이 되어 사나에의 거스러미인 침묵과 하나가 되었다.

그 이후에도 몇 번 쇼핑센터에서 벌어진 그런 소동 같은 일이 있었다. 캐빈이 보통아이와 다르다는 것을 알고 사나에의 부모는 당혹스러워했다.

처음 대면했을 즈음 어머니는 어이없다는 표정으로 말했다.

"너 도대체 애를 어떻게 키우는 거니."

그리고는 아니나 다를까 이런 말을 덧붙였다.

"이렇게나 애가 불안해하는 건 혼자 키워서 그런 건지
도……."

아버지가 없을 때, 어머니와 그 일로 몇 번이나 말다툼을 벌
였다. 의사한테 들은 말을 그냥 그대로 두 분께 전하는 게 나았
을까. 그러나 의사의 진단을 들었을 때, 발 아래가 무너지면서
갈라진 틈새 저 깊은 나락으로 떨어져 내리는 듯한 현기증을
느꼈다. 혹시 그럴지도 모른다고 머릿속으로 상상하는 것과 실
제로 남의 입을 통해, 그것도 전문가에게 선고받았을 때의 충
격은 차원이 달랐다. 그 충격을 받아들이고 마음을 다잡기까지
는 시간이 걸렸다. 어머니 아버지도 불길한 예감을 가지고 있을
것이 분명했다. 사나에는 이미 그 충격을 겪었기에 더더욱 말을
꺼내기가 어려웠다.

"뭘 가르치고 안 가르치고 하는 문제가 아냐. 갑자기 환경이
바뀌다 보니까…… 보통 아이보다는 익숙해지는 데 좀 시간이
걸리는 거야."

사실이었다. 캐빈은 처음에는 품에 안기는 것은 고사하고 할
아버지 할머니가 머리를 쓰다듬는다든가 손이 몸에 닿는 것조
차 싫어했다. 그랬던 것이 이제 사나에가 없어도 이렇게 할아버
지와 둘이서 쇼핑을 갈 수 있게 되었다. 그렇지만 어머니는 처

음의 소동이 아직도 마음에 걸리는지 이런저런 구실을 대며 결코 손자하고는 외출하려 하지 않았다. 그게 사나에의 화를 돋우었다.

"다녀왔습니다, 안 해?"

사나에는 아들에게 주의를 주었다.

"그러고 돌아오면 뭘 해야 하지? 손을 씻어야겠지."

그러자 어머니가 부엌에서 말했다. 줄을 선 사람들 틈으로 갑자기 끼어들 듯이. 사나에는 울컥했다.

"주의를 줄 때는 몸을 수그려서 아이 눈높이에 맞춰서 해야 하지 않을까."

갑자기 멍해져서 어쩔 줄 몰라 하는데 기세를 타고 또 끼어들었다.

"해야 할 일을 그림으로 그려서 벽에다 붙여 놓으면 좋잖아."

사나에는 어머니를 바라보았다. 사나에의 얼굴에 떠오른 분노의 빛을 보지 못한 것인가.

"손을 씻는 거나 이를 닦는 거, 반드시 해야 할 일은 그림으로 그려서 순서대로 하게 하는 게 좋다고 교육 텔레비전에서 그러던데."

"예, 예, 알았나이다."

짜증을 드러내지 않으려고, 분노와 솟구치는 수치심을 억지로 짓눌렀다. 어머니에게서 눈길을 돌려 버렸다. 아들이 손에 책을 든 것을 보고 사나에는 말했다. 따지고 나무라는 투였다.

"아빠, 또 포켓몬스터 그림책 샀어? 똑같은 책 있잖아. 같은 걸 몇 권이나 사면 어떡해."

손자와 같이 돌아와서 손도 씻지 않고 이도 안 닦고 거실 테이블에 앉아 차를 마시는 아버지가 퉁명스럽게 되받았다.

"그건 나도 알지만 캐빈이 책을 들고 진열대 앞에서 꼼짝도 하지 않는데 어쩌겠어. 억지로 빼앗았다가는 또 그렇게 될 텐데……. 저 애가 한 번 터져 버리면 감당이 안 되니까."

그렇게 말하면서 아버지는 애써 웃음을 지어 보였지만 딱딱하게 굳어 버린 딸의 표정을 보더니 비어져 나온 셔츠 자락을 집어넣듯이 서둘러 웃음을 거두어들였다. 그러고는 시선을 캐빈 쪽으로 돌리며 다시 자학적인 미소를 띠고 아주 덤덤하게 말하는 것이었다.

"그랬다가는 난 유괴범이 되어 버려."

그러나 사나에나 주변 세계 따위는 존재하지도 않는 양 오로지 그림책에만 정신이 팔린 캐빈은 웃지 않았다. 어머니는 애당초 귀도 기울이지 않았다.

정원에는 벌써 아침 햇살이 가득했다. 얼 빠진 듯한 비둘기 울음소리가 들려오고 참새들이 시끄럽게 재잘댔다. 머리맡에 둔 핸드폰으로 손길을 뻗는다. 6시 5분이다. 곁을 보니 캐빈이 이불을 걷어차고 엎드린 채 잠들었다. 숨소리가 들린다. 어느 한 구석 다른 아이들과 다른 점이 없다. 오히려 세상에 이렇게

나 예쁜 아이가 있나 싶을 정도다. 꼬불꼬불 마구 엉킨 머리카락, 밤이슬 방울이 그냥 그 위를 타고 머물 것처럼 위로 휘어진 긴 속눈썹, 단정한 입술, 살짝 발갛게 물든 새하얀 볼.

사나에는 얼굴을 가까이 대고 아들의 머리카락을 쓸어 올리며 그 이마와 볼에 입을 맞추었다. 깨지 않도록 살짝, 아니 깨어나도 좋다. 잠에서 깨면 눈꺼풀을 들어 올리고 그 커다란 눈동자로 나를 바라볼 것이다. 다른 누구에게도 관심을 보이지 않고 오로지 사나에만을 바라본다. 그러니까 이 애가 시선을 마주치지 않으려 하는 것은 아니다. 눈을 들여다보면 자신의 모습이 비친다. 그러면 뜻이 전해진다.

캐빈은 기분 좋게 잠들어 있다. 그렇지만 깨우지 않으면 안 된다. 이제 캐빈을 데리고 어머니가 태어나고 자란 문섬으로 가야 한다. 항구에서 흑섬을 거쳐 문섬으로 가는 여객선은 하루에 세 편뿐이다. 아침 7시 30분에 출발하는 첫 배를 놓치면 정오나 되어서야 탈 수 있다.

그날은 오후에 가족 모두 나갈 예정이었다. 아버지의 민생위원 동료이면서 예전에 사나에와 같이 캐나다에 갔던 와타나베 미츠, 다시 말해 밋짱 언니의 아들을 문병하러 오이타 의과대 부속병원으로 가야 한다. 동규슈 국도가 사이키까지 건설된 덕분에 병원까지 1시간 반이면 충분하다. 사나에가 밋짱 언니를 만나고 싶어 한다는 것을 알고 어머니는 문병을 가자고 제안했다. 아버지는 헛걸음을 할 거라며 불만스런 표정이었다.

"지난 번에 밋짱 언니와 같은 다카노우라에 사는 사람이 문병을 갔더니 안내창구에서 가족이 면회를 거절한다면서 방을 가르쳐 주지도 않더라고 하던데."

"그건 당연하지, 여보." 하고 어머니가 단호한 어투로 말했다. 그리고 어디서 들었는지 밋짱 언니 아들의 증상에 대해 담담하게 말했다.

"처음에는 갑자기 딸꾹질을 하기 시작하더니 이틀이나 지나도 멈추지 않더래. 이게 무슨 일인가, 이상하다 하고 있는데 상태가 나빠지더니 쓰러지고 만 거야. 그래서 오이타 뇌 전문의한테 데리고 가서 MRI라던가, 무슨 기계로 검사를 해 보았더니 뇌에 커다란 종양이 발견되서 서둘러 수술을 했대. 수술은 무사히 끝나서 지금은 입원 중이래. 빨리 나아야 할 텐데……. 내가 밋짱 언니 입장이라도 그랬을 거야. 내 자식이 머리에 붕대를 칭칭 감고 누웠는데, 그런 안 좋은 모습을 누가 남에게 보이고 싶을까. 본인도 그럴 테지만 밋짱 언니도 누굴 만나 이야기할 기분이 아닐 거야……."

"그럼 더욱더 안 가는 게 좋을 것 같은데……." 하며 아버지는 주저하는 눈빛이었다.

그러나 어머니는 단호하게 말했다.

"그래도 가 봐야지. 가서 안 되면 어쩔 수 없고. 평소에 민생위원 일로 밋짱 언니한테 얼마나 신세를 졌는데. 만나지 못하더라도 캐빈을 병원 가까운 파크 플라자에 데리고 가면 되잖아.

캐빈도 좋아할 테니까."

현실적인 어머니다운 판단이었다. 파크 플라자는 대학병원 바로 옆에 있는 현에서도 가장 규모가 큰 쇼핑몰이다. 면회를 못하면 캐빈에게 영화라도 보여 주면 좋겠다는 것이다.

"아, 마침 잘됐네. 그 포켓몬스터라는 영화를 한다고 하드만. 그거면 캐빈도 조용히 볼 수 있을 거야."

그로부터 며칠 뒤 사나에는 갑자기 뭔가가 떠올라 말했다.

"문병을 갈 거면 문섬의 조개껍질을 가지고 가야겠어."

"문섬?"

어머니가 놀라며 물었다.

"섬에 간다면 언제 갈려고? 내일이면 문병을 갈 건데. 섬까지 조개껍질 주우러 갈 시간이 없어."

"아침에 갔다 오면 되잖아."

아버지가 사나에 편을 들었다.

"정오 편으로 돌아와서 거기서 바로 오이타로 가도 충분해. 섬에 가. 가는 게 좋아. 너희가 올 시간쯤에 항구에 차를 가지고 갈 테니까. 배에서 내려 바로 문병을 가는 거야. 어때, 여보?"

"너무 바빠."

어머니는 약간 불만스런 표정으로 말했다.

"그렇게 바삐 움직이다가 캐빈이 또 울며 발버둥이라도 치면……."

어머니 고향인 문섬에는 백사장이 몇 군데 있다. 개중에서도 인적이 드문 남동쪽 작은 백사장이 가장 유명한데, 거기 모래 사장에 널려 있는 형형색색의 작은 조개껍질에는 재앙을 물리치는 효험이 있다고 한다. 옛날에 사나에네 집 불단에도 그 모래사장에서 주운 핑크색, 보라색, 커피색의 작은 조개껍질을 넣은 유리병이 놓여 있었다. 어머니에게는 세 형제가 있었지만 지금은 모두 고향에 살지 않아 불단은 사나에네 집에 안치되었다. 외가 쪽 조부모와 조상들의 위패가 놓인 불단에 어머니가 준비해 둔 차와 갓 지은 밥을 올려놓는 것이 고등학교 졸업할 때까지 사나에의 일과였다. 불단에 찻잔을 올려놓고 손을 모으며 눈을 감고 머리를 조아렸다. 깊은 의미도 없는 기계적인 동작이었다. 고개를 들면 조개껍질을 넣은 아름다운 유리병이 눈 속으로 끌리듯 들어온다.

어머니 말로는 사나에가 중·고등학교 6년 동안 가벼운 감기에 걸리긴 했어도 한 번도 학교를 쉬지 않고 건강하게 지낼 수 있었던 건 오로지 조상님의 은덕과 문섬의 조개껍질 덕분이었다는 것이다.

사나에는 혼잣말처럼 중얼거렸다.

"거기 조개껍질을 주워서 밋짱 언니에게 줄 거야. 만나지 못하더라도 안내창구에 부탁해서 전해 주게 하면 돼. 캐빈에게도 섬을 한번 보여 주고 싶어."

어머니의 걱정대로였다. 항구에 가려고 캐빈을 차에 태우자마자 스위치가 켜지고 말았다. 갈가리 찢긴 지렁이가 나타나 격렬하게 몸을 뒤틀기 시작한 것이다.

슬픔과 분노가 뒤섞인 목소리로 어머니는 사나에를 나무랐다.

"너도 참, 왜 그리 애를 붙들고 늘어지는 거니, 굳이 오늘 섬에 갈 이유도 없고…… . 그렇게 하지 않아도 내 자식인 건…… ."

그러나 사나에는 포기하지 않았다. 아들을 향해 거칠게 목소리를 높였다. 거의 짜증이나 다름없었다.

"가기로 했잖아! 캐빈! 약속하지 않았니!"

눈물 콧물로 범벅이 된 고운 얼굴이 오로지 어머니 손에서 벗어나려 버둥거리기만 했다. 마치 뒤로 장대높이뛰기를 하는 선수처럼 몸을 뒤로 내던졌다. 뒤통수를 지키려고 사나에가 손을 뻗었지만 늦고 말았다. 바닥이 흙이라서 다행이었다. 지면에 머리를 세차게 부딪친 캐빈은 처절하게 비명을 지르며 팔다리를 버둥거렸다. 지렁이는 그 격한 움직임으로 상처 입은 몸에 더 깊은 상처를 새겨 넣었다. 짜증과 분노가 뜨거운 바람으로 변해 사나에의 얼굴을 달구었다. 울부짖는 아들을 부드러운 피부에 손가락이 파고들 만큼 세차게 거머쥐고 힘껏 차 안으로 밀어 넣었다.

어머니가 탄식했다.

"이런 아침부터, 아이고 불쌍해라, 어찌 이렇게 울게 만들어서는…… ."

몸부림치는 캐빈을 뒤에서 끌어안은 채 사나에는 차 뒷좌석에 앉았다. 핸들을 잡은 아버지는 앞만 바라본 채 아무 말이 없었다. 하고 싶은 말이 있으면 하면 되잖아. 흥분한 탓에 공격적으로 변한 사나에는 마음속으로 그렇게 도발했다. 아버지가 무슨 말이건 하기만 하면 그게 무엇이든 무작정 신랄한 어투로 받아치리라 마음먹었다. 그걸 잘 알기에 아버지는 고통스런 침묵을 지킬 수밖에 없었다.

"아, 그렇게 서둘지 않아도 돼!"

캐빈을 안고 달려오는 사나에를 보고 여객선이 묶여 있는 잔교에서 담배를 피우던 자그만 초로의 남자가 큰 소리로 외쳤다. 감색 뉴욕 양키스 야구모자를 눈 위까지 푹 눌러쓰고 선글라스를 꼈다. 바닷가 사람답게 거무스름하게 그을린 얼굴. 여객선을 운항하는 회사 이름이 든 감색 점퍼를 입었다. 선장이었다.

"아직 괜찮은가요?"

숨을 헐떡이며 사나에는 팔에 안은 아들을 내려놓았다. 캐빈은 늘 그렇듯 무표정으로 돌아와 있었다. 흔들리는 차, 흔들리는 어머니의 품 속에서 버둥거리던 지렁이도 위로받았는지 침묵의 돌 속으로 다시 들어가고 만 것 같았다.

"아무 문제없어. 이제 슬슬 출발하면 되니까." 하고 선장은 대답했다.

어선보다 조금 큰 정도의 배였다. 그러나 블루마린 호는 주위의 어선보다, 하긴 조업을 나갔는지 주변에는 거의 배라고는 찾아볼 수 없었지만, 한 뼘 정도 컸다.

"이거 문섬 가는 거 맞죠?"

사나에는 혹시나 해서 물었다.

"오호, 말씨가 참 곱구먼, 젊은 언니."

선장은 감탄한 표정이었다. 필요 이상의 큰 목소리에 사나에는 짜증이 났다. 이 바닷가 사람들은 외치듯이 말한다. 짙은 선글라스 너머로 시선은 보이지 않았지만 선장이 사나에 곁에 선 캐빈을 보고 있다는 것을 알 수 있었다. 선장은 큰 목소리로 말을 이었다.

"아, 자네, 그러니까……."

사나에가 대답하기 전에 등 뒤에서 더 큰 목소리가 들려왔다.

"안도 선생 딸이야! 외국인하고 결혼한 사나에 짱!"

"아, 역시 그랬어!"

선장은 사나에의 머리 너머로 목소리를 올렸다.

사나에는 뒤를 돌아보았다. 방파제 앞 좁은 길에 면해 집들이 늘어서 있었다. 그 가운데 한 채의 2층 베란다에서 중년 남자가 이쪽을 보고 있었다. 집들은 모두 남향으로 눈앞에 작은 만이 있을 뿐 탁 틔어 햇볕이 잘 들었다. 널린 빨래들이 남자의 등 뒤에서 아침 햇살을 받으며 빛났다. 남자는 손잡이에 두 팔을 걸치고 담배를 피우고 있었다. 헐렁한 감색 스웨터 차림에 멀리서 봐도 베개에 짓눌린 머리 모양을 알 수 있었다.

사나에는 이 지저분한 사내의 정체를 모른다. 그러나 사내는 사나에를 잘 안다. 사나에가 외국인과 결혼한 것도, 그 캐나다인 사이에서 남자애가 태어났다는 것도, 그리고 그 외국인에게 버림받고 남자애를 데리고 고향으로 돌아온 것까지 모두 안다.

아니, 사나에도 잘 안다. 옛날의 앳된 분위기도 사라지고 음침한 표정에 도쿄 표준어만 쓰면서 잘난 체한다고 이곳 사람들이 쑥덕거린다는 사실을.

사나에는 아들을 바라보았다. 마을 사람들은 사나에와 캐빈에 대해 어느 것 하나 모르는 게 없지만 캐빈은 아무것도 모른다. 사람들이 무슨 말을 하는지 하나도 모른다. 자신과 어머니를 내려다보는 사내의 존재조차 느끼지 못한다.

그것만이 아냐, 라는 목소리가 이어졌다. 이 세계에서 캐빈만이 모르고, 누구도 알려 주지 않고, 알려 주어도 모른다. 마음속에서 소용돌이치는 그 목소리가 자기 자신이 내는 목소리라는 사실을 사나에는 믿을 수 없었다. 그러나 목소리는 멈추지 않았다. 이 아이는 아무것도 몰라. 지금 어머니가 자신을 어디로 데리고 가는지, 어머니가 무엇을 하러 섬에 가려는지 모른다.

갑자기 뒤에서 터져 나온 선장의 큰 목소리가 사나에의 내면에서 나오는 그 소리를 가로막았다. 귀를 긁는 듯한 쉰 목소리였다. 그러나 이때만큼은 짜증이 아니라 안도감을 가져다 주었다.

"어이! 시간 됐어!"

베란다 위의 사내는 담배를 든 손을 흔들고는 안으로 사라졌다. 허공에 맴도는 담배연기만이 느릿하게 물결치며 흘렀다.

블루마린 호의 선실은 넓었다. 한가운데 좁은 통로를 두고 세 명이 앉는 자리가 2열로 배치되어 있었다. 사나에 말고 다른 승객은 없었다. 캐빈은 사나에 옆에 얌전하게 앉았다. 선실 외벽을 투명한 유리로 덮어 바깥 풍경을 잘 볼 수 있게 해 두었다. 실내는 밝았다. 창 바깥으로 바다가 바짝 다가왔다. 때로 하얀 물보라가 두껍고 튼튼한 창을 때렸다. 해변에는 다양한 것들이 모여 있었다. 갈색 해조류, 너덜너덜해진 해파리 같은 비닐 봉지, 페트병, 빈 깡통, 비바람에 바다로 쓸려 나온 바싹 마른 나뭇가지. 그런 표류물들이 뒤로 밀려가는데도 파란 물 저 건너편으로 보이는 녹색 산들은 시야에서 좀처럼 벗어나지 않았다. 마치 배를 따라 육지가 바다로 바다로 녹색의 촉수를 뻗치는 것 같았다. 출항 방송이 나온 다음 낮게 울리는 엔진 음이 실내를 가득 채웠다.

캐빈은 사나에에게 몸을 착 붙이고 앉았다. 창으로 햇살이 비쳐들고 아들의 작은 몸에서 전해지는 온기가 상큼했다. 그 열기와 배의 흔들림에 잠의 알갱이가 천천히 녹아들며 몸 전체로 퍼져 나갔다…….

어두운 벽면에 금이 가고 거기서 물이 새어 나온다. 물은 아니었다. 울음소리였다. 아기가 운다. 눈꺼풀이 무거웠다. 곁을 보니 와타나베 미츠가 있었다. 왜 밋짱 언니가 내 옆에 있는 거지?

사나에의 기억에는 그때 시카고까지 날아가는 비행기에서 곁에 앉은 사람은 자크 캐로였다. 가슴을 저미는 그 울음소리가 더욱 격해졌다. 오이타에서 몬트리올까지 몇 번이나 비행기를 갈아탔으니 한 번 정도는 밋짱 언니 옆에 앉았을지도 모른다. 그러나 아기가 계속 울어 댄 것은 분명 나리타에서 시카고로 가는 긴 여정 때였다. 그래서 밋짱 언니가 곁에 있었을 리 없다.

그것은 아주 가슴 설레는 해외여행이었다. 사나에 일행은 모두 8명. 인솔자 자크 캐로, 사나에, 와타나베 미츠, 이와모토 스미코, 고토 에이코, 사와키 도시에, 후치노 마즈미, 스토 사유리. 이 여성 여행팀 가운데 가장 젊은 사람은 스물 다섯의 사나에. 거기서 나이가 좀 튀어 올라 스토 사유리가 40대 후반이고 나머지 여성들은 모두 쉰 이상이었다. 최고 연장자가 64세의 사와키 여사였다.

성수기가 아닌데도 나리타에서 비행기는 만원이었다. 사나에는 창가 자리에 자크와 같이 앉았다. 나머지 여섯 명은 중앙의 4인석 자리에 앞뒤로 네 명과 두 명이 나뉘어 앉았다. 사실은 체크인 때는 앞 열에 세 명, 뒤 열에 두 명, 그리고 한 명은 떨어진 자리에 배치되었다. 그때 목을 앞으로 빼고 이야기를 나누는 일행을 배려해서 한 젊은이가 혼자 떨어진 고토 언니와 친절하게도 자리를 바꾸어 준 것이다. 사나에가 보기에 5열 정도 가운데 자리에 아줌마들은 모여 있었다. 후치노 마즈미의 굵직한 팔이 통로로 삐져 나온 것이 보였다. 그 옆에 일행 가운데 몸집이 가장 작은 밋짱 언니가 있었다.

떨어져 있어도 아줌마들의 모습은 손에 잡힐 듯이 알 수 있었다. 밋짱 언니가 자리와 자리 사이로 얼굴을 들이밀고 앞에 앉은 네 명을 향해 뭐라고 말하면, 어머나!, 그랬어!, 그런 감탄사가 튀어 오르고 거기에 이어 아줌마들의 요사한 웃음소리가 와자하게 들려 왔다. 이름이 본질을 나타낸다고들 하는데, 몸 전체가 듬직한 후치('굵다'는 뜻의 사투리와 발음이 같음) 아줌마는 좁은 좌석에 꼭 낀 살을 마구 흔들며 크캇캇캇, 그 굵은 목을 부들부들 떨며 무슨 딱딱한 나무 둥치를 막대기로 두드리는 듯한 새된 소리를 낸다. 비행기가 이륙하기 전후는 기내 분위기가 와자해서 그리 마음에 걸리지 않았지만 잠시 후 소리들이 썰물처럼 밀려난 뒤에도 오이타의 해변 마을에서 외유를 나선 여섯 아줌마들의 즐거운 재잘거림은 멈추지 않았다. 평소 동네 길거리에서 만나 담소하는 버릇 그대로 그녀들은 일—거의가 사회복지협의회와 마을에 하나뿐인 민간특별요양 노인홈에서 일하는 복지사들이었다—에 대해, 또는 각자 자기 동네에서 일어난 일들에 대해 사투리를 있는 그대로 써 가며 큰 목소리로 떠들었다. 사나에는 창피했다. 솔직히 말해 멀리 떨어져 앉은 것이 얼마나 고마웠는지 모른다. 곁을 보니 자크는 안경을 벗고 머리를 벽에 기댄 채 잠들었다.

JET 프로그램으로 캐나다에서 2년 전에 이 고장을 찾아온 자크 캐로는 키가 크고 어깨가 넓은 건장한 청년이었다. 갈색 머리를 짧게 자르고 각진 검은 테 안경을 썼다. 윤곽이 뚜렷해서 아주 깊이 생각에 잠긴 듯해 보이지만 웃으면 저 뱃속 깊은 곳에서 기쁨이 터져 나오는 듯 호쾌한 울림이 퍼져 나갔다. 평소에는 청바지에 체크무늬 셔츠를 입고 운동화를 신었다. 겨울에는 그 위에 빨간 다운재킷을 걸쳤다. 여름이 되면 청바지가 반바지로, 운동화가 샌들로 변했다. 일본어는 그리 잘하는 편이 아니었지만, 그건 어디까지나 표준어에 한해서였고 사투리 하나만큼은 능숙하게 구사했다. "아, 귀찮아."를 연발하며 마을 사람들을 즐겁게 해 주었다.

그러나 자크 캐로만큼 오이타 사람의 느긋한 기질을 잘 나타내는 '귀찮다'라는 말과 어울리지 않는 사람도 없을 것이다. 여기 머무는 동안 경험할 수 있는 거라면 뭐든 다 하고 싶다며 온갖 행사에 고개를 들이밀었다. 축제 때는 짧은 윗도리에 복대까지 두르고 가마를 매기도 했고, 일본 북 제작 명인이기도 한 전통예능보존회 회장을 찾아가서 큰북 치는 법을 배우기도 했다. 1등을 하면 5킬로그램쯤 되는 방어 한 마리를 주는 겨울철 연례 마라톤 행사에도 참가했다. 그래서 마을 사람들은 외국 사람에게는 희귀한 일로 보일지도 모른다는 생각이 드는 게 있으면 바로 자크 캐로를 불렀다. 집을 새로 짓거나 배를 건조할 때 떡을 뿌리는 '떡 뿌리기' 풍습이 아직도 이 마을에는 남아 있었다. 그럴 때면 키 크고 팔이 긴 자크가 혼자서 그 떡을 독차지했다. 자크 짱, 자크 짱, 이름을 부르며 다가오는 노파들에게 자크는 그 떡을 기분 좋게 나누어 주었다. 그러는 사이에 친척도 아니고 아무것도 아닌데도 이름을 부르며 떡을 던지게 되었다.

조그만 배를 뒤집어 버릴 만큼 커다란 덩치가 나타나면 노파들은 자크 짱, 자크 짱, 여기, 여기 하고 두 손을 들어 셔츠 앞자락을 끌어당기며 눈길을 끌려 했다. 그리고 손에 넣은 떡을 입에 넣고 우물거리며 "자크 짱이 던져 준 떡에 맞으면 아파." 하고 짐짓 과장된 손길로 목덜미와 어깨를 주무르는 것이었다.

자크 캐로는 마을 사람들에게 사랑받았다. 국제교류니 국제친선 같은 걸 잘 이해해서라기보다는 무작정 그런 말을 좋아하는 시오쓰기 구청장이 누구보다 그를 아꼈다. 마치 이 외국인이 방어나 진주 같은 마을 특산품이라도 된다는 듯이 이웃 시에 병합될 다른 동장들을 만날 때마다 자랑거리로 삼았다. 예전에 중학교 영어선생이었던 시오쓰기 구청장은 당혹스러워하는 자크는 아랑곳하지 않고 아주 그럴 듯한 영어로 운까지 밟으면서 몬트리올에서 온 사랑스런 청년을 칭찬했던 것이다.

자크, 이즈, 아와, 플레저, 앤드, 아와, 트레저, 라니까!

영어가 된다는 이유 하나만으로 사나에가 교육위원회 입시 직원으로 채용된 것도 바로 그즈음이었다. 세난학원대학 문학부 영문과를 졸업하긴 했지만 단기유학 경험조차 없었고 영어회화에는 도무지 자신이 없었다. 처음 취직한 곳도 오이타 캐논의 방계회사였기에 영어라는 국제표준어를 사용할 기회도 전혀 없었다. 오히려 같은 현이지만 남쪽 지역과는 완전히 다른 말이나 풍토에 익숙해지지 못해 영어를 공부할 그런 여유조차 없었다.

"딸내미가 영어 좀 하지? 이쪽으로 와서 일 좀 해 보는 게 어때?"

구청에 다니는 친구에게 그런 제안을 받았다며 어머니는 전화로 그렇게 알려 왔다.

금방 거짓말이라는 것을 알았다. 구청 교육위원회에서 영어가 되는 임시직원을 뽑는다는 말을 들은 어머니가 딸을 불러들이고 싶어서 시오쓰기 구청장한테 슬쩍 말을 넣은 것이다.

어머니란 존재는 정말 무섭다. 사나에가 고향을 떠나 북쪽 지역에서 어떤 생활을 하는지 낱낱이 알고 있는 듯했다. 동물적인 후각으로 뭔가를 느끼고 그게 뭔지도 모르면서 직감이 말하는 대로 사나에를 집으로 불러들이려 한 것이다.

사나에는 그때 직장 상사와 사귀고 있었다. 스무 살이나 연상의 남자였다. 미처 다 깎지 못한 남자의 턱수염 사이에 하얀 털이 보이거나 컴퓨터 화면을 바라보는 남자의 성긴 뒷머리가 눈에 들어올 때마다 날 선 어머니의 목소리가 귓전을 울렸다.

"그런 늙은 남자를! 아버지랑 별반 차이도 없는 남자를!"

사나에는 저도 모르게 고개를 돌려 어머니가 있는지 확인하기도 했다. 그렇지만 불륜은 아니야. 속으로는 그렇게 외쳤다. 남자는 혼자였다. 이미 오래전에 아내는 병으로 세상을 떠나고 말았다.

"그렇지만 자식은 있잖아! 셋이나! 그것도 너랑 나이 차이도 별로 안 날 만큼 다 자란 아이가!"

만일 그 자리에 어머니가 있었더라면 영업소의 다른 사원들이 호기심 어린 눈길로 바라보는 것도 무시하고 더 거센 말로 그녀를 몰아붙였을 것이다. 물론 남자에게는 자식이 있었다. 셋이나. 그러나 사나에와 나이 차이가 별로 안 난다는 건 좀 과장된 말이다. 맨 위 여자애는 중학교 3학년이었다. 그리고 초등학교 6학년 딸, 4학년 남자애가 있었다.

"아이가 하나라도 얼마나 키우기 힘든데." 하고 어머니는 한숨을 내쉴 것이다. 물론 그 자리에 있었다면 말이다.

결국 사나에는 남자와 헤어졌다. 남자에게서 딸을 떼 내기 위해 고향에 직장을 찾아내서 불러들였기 때문은 아니다. 애당초 어머니는 딸이 자식 달린 마흔이나 넘은 남자와 사귄다는 사실조차 몰랐다. 그러나 어머니는 그런 사실도 모른 채 무의식적으로 목표를 달성한 것이다.

남녀 관계를 맺은 지 석 달 정도 지난 어느 날, 남자는 아이들을 소개하고 싶다고 했다. 역 앞 일식집에서 저녁을 같이 먹자는 약속을 했다. 남자의 가족이 1년에 몇 번 정도 이용하는 단골 가게라고 했다. 어머니와의 추억이 서린 장소였다. 유치원, 초등학교 입학식이나 특별한 날이면 거기서 식사를 했을 것이다. 어머니가 집안일로 지쳤을 때도 위로하기 위해서라며 데리고 갔을 것이다.

약속한 날 두려움을 떨쳐내며 식당 문을 열고 들어갔다. 입구에 놓인 커다란 수조에는 사나에가 이름도 모르는 물고기가 헤엄치고 있었다. 전복의 두툼한 살이 징그럽게 짓눌려 찌그러진 채 유리에 달라붙어 있었다. 불길한 미래를 예고하는 문자처럼 음침했다. 카운터 앞을 지나 안쪽 방으로 들어서자 남자의 가족이 모두 모여 사나에를 기다리고 있었다.

짧은 머리의 장녀는 웃음이 나올 만큼 아버지를 쏙 빼닮았다. 차녀는 오동통한 몸매에 키가 커서 자리에서 일어서니 중3 언니와 비슷했다. 남자애만 얼굴이 달라 보였다. 조금 상상력을 발휘하면, 그 얼굴에서 세상을 떠난 어머니 얼굴을 쉽게 복원할 수 있을 것이다. 사나에는 남자와 나란히 앉아 테이블 반대편에 앉은 세 아이들과 대면했다. 식사와 함께 화기애애한 분위기 속에서 첫 대면행사가 진행되었다. 어떤 음식이 나왔는지, 맛이 있었는지, 별 기억에 없다. 남자가 따라 준 맥주를 입에 댔을 때 컵 테두리에서 비린내가 났다. 남자에게 말했더니 남자는 컵을 받아들고 코를 갖다 댔다.

"딱히 이상한 냄새는 안 나는 것 같은데……." 하고 남자는 고개를 갸우뚱했다. 그러자 초등학교 4학년 남자애가 테이블 너머로 몸을 기울이더니,

"우왓, 냄새!" 하고 과장된 목소리로 말했다.

"비린내?"

남자가 묻자,

"맥주 냄새." 하고 아들이 대답했다.

"바보!"

남자는 쓴웃음을 지었다.

남자는 웨이트리스를 불러 컵을 바꿔 오라고 했다. 거만한 명령조는 아니었다. 잠시 뒤 남자애는 발을 앞으로 내밀기도 하고 누나에게 몸을 기대기도 했다. 그러고는 심심하다는 말을 연발했다.

"괜찮아? 아빠, 괜찮아?" 하고 차녀가 아빠에게 묻자 남자는 고개를 끄덕였다.

남자애는, "좋았어!" 하고 소리치더니 벽에 기대 놓은 가방 안에서 소형 게임기를 끄집어냈다.

그날 밤의 좀 특별한 사건이라면, 남자애가 꼭 마셔야겠다고 억지로 주문해 놓고는 결국 반 이상이나 남긴 오렌지주스를 운동복에 쏟아 버린 것 정도였다. 사나에는 젖은 남자애 운동복을 닦아 주려고 수건을 찾았지만, 이미 중3 장녀가 동생을 나무라며 수건으로 닦고 있었다.

"이걸 써." 하고 사나에가 다른 새 수건을 장녀에게 건네주었다. 얼굴이 불그레해진 남자는 보리소주를 마시면서 "바보!" 하고 작게 내뱉었을 따름이었다. 그 말을 듣는 순간 차녀의 눈길에 어두운 그늘이 졌다. 그 차녀의 눈과 마주쳤다. 아이는 당혹스러운 듯 웃음을 띠었다. 바지런히 동생을 돌보면서도 장녀는 동생의 얼굴에 떠오른 그 웃음을 놓치지 않았다. 이 남자와 같이 살아도 괜찮을지도 몰라. 그런 생각을 하곤 했었다. 그러나 그날 아마도 그 순간을 경계로 남자에 대한 마음은 점점 식어 갔다.

창밖으로 섬이 보였다. 첫 번째 기항지인 흑섬이다. 섬이 점점 커지더니 해안에 옹기종기 모인 집들이 눈앞으로 다가왔다. 가장 커 보이는 크림색 건물이 아마도 중학교 아니면 초등학교일 것이다. 블루마린 호는 콘크리트 방파제 옆을 스치며 항구로 들어섰다.

방파제에는 재를 뒤집어 쓴 듯한 털색 개를 거느린 노파가 선 채로 그 옆에서 낚싯줄을 드리운 노인을 향해 열심히 뭐라고 말하고 있었다. 개가 배를 보고 짖어댔다. 그렇지만 엔진 소리에 묻혀 들리지 않았다. 격렬하게 움직이는 개의 입이 침묵의 덩어리를 쏘아 대는 것 같았다. 캐빈은 옆에 앉은 채 아직도 잠들어 있다. 창으로 비쳐 드는 햇살로 아들의 볼에 난 솜털이 황금색 불꽃처럼 빛나 보였다.

항구에는 배를 기다리는 사람은 없었다. 오로지 두 사람의 승객, 사나에와 캐빈의 목적지는 문섬이다.

긴 잔교 측면에 배를 댔다. 선장은 배에서 내리더니 익숙한 손길로 밧줄을 걸고 햇살을 받으며 담배를 피워 물었다. 사나에도 바깥으로 나가 한대 피우고 싶었다.

항구로 이어지는 길을 천천히 자전거를 타고 지나가는 늙은 어부의 모습이 창밖으로 보였다. 선장이 손을 들어 인사했다. 커다란 그늘 속에 깊이 잠긴 산기슭의 초목이나 집들이 꾸는 꿈속에서, 그 꿈을 이어주는 실인 듯 어부가 나아가는 것 같았다. 그 광경은 어느 영화의 한 장면처럼 노스탤지어를 불러일으켰다. 캐빈을 깨워 바깥 풍경을 보여주고 싶었다. 어깨에 손을 올리고 마구 흔들고 싶은 충동에 휩싸였다. 고장 난 장난감을 마구 흔들면 어쩌다 부품끼리 서로 부딪치다 전류가 통해서 움직일 때가 있다. 그처럼 캐빈의 속에서도 뭔가가 찰카닥 서로 맞아떨어져서…… 아니다, 그렇게는 안 된다, 안 되는 것이다. 어머니는 마치 뭔가에 씐 사람처럼 아들의 피부에 멍 자국이 남을 만큼 세차게 거머쥐고 몇 번이나 격하게 흔들기도 했었다. 아들에게 달라붙은 저 몸부림치는 지렁이를 영원히 추방하기 위해서. 그러나 그런 행위는 아들을 더욱 지렁이로 만들어 버릴 따름이었다.

창밖으로 보이는 선장의 얼굴을 덮은 선글라스에 빛이 반사된다. 사나에는 놀랐다. 선장이 그만두라고 손을 흔들었던 것이다. 선장에게는, 아니 이 마을 사람들 모두에게 사나에의 속내가 들여다보이는 것은 아닐까, 그런 말도 안 되는 생각을 한순간 그냥 믿어 버릴 참이었다.

아니야.

선장은 사나에를 제지한 것이 아니었다. 손을 가볍게 흔든 것은 담배꽁초를 버리기 위해서였다. 그런 다음 힐끗 손목시계를 보더니 배로 돌아왔다. 밧줄을 풀어 배 안으로 집어던진다. 엔진이 웅웅거리면서 선체가 부르르 떨렸다. 방송도 하지 않고 배는 움직이기 시작했다. 창을 가득 덮었던 섬이 점점 멀어져 간다. 창밖을 바라보노라니 흔들리는 배의 율동과 함께 기억은

9년 전의 캐나다 여행으로 돌아갔다.

첫 해외여행은 모든 것이 신기했다. 환승을 해서 다음 비행기를 탈 때마다 목을 길게 빼고 바깥 풍경을 바라보았다. 공항은 하나같이 비슷한 것 같으면서도 다 달랐다. 나리타에서 시카고로 가는 편에서 바깥을 보려고 고개를 빼는데 창가에 앉은 자크 캐로가 이상하다는 듯이 물었다.

"사나에, 그렇게 바깥을 보고 싶어? 자리 바꿀까?"

그 사투리에는 따스한 울림이 있었다. 사나에는 고개를 저었다.

기내식이 오기 전 음료 서비스 때 자크가 맥주를 요청했다. 동행한 아줌마들 쪽을 보니, "뭘 마실래?" "자기는?" "글쎄, 이것저것 많은 모양이야." "자기가 좀 살펴봐, 뭐가 있는지." "싫어, 자기 건 자기가 알아봐야지." "난 영어 못하잖아." "일본어로 해도 될 거야." "정말?" 하고 본인들은 속삭인다고 생각하겠지만 그 목소리에는 들뜬 기분이 역력했다. 그런 모습에 정신이 팔려 있다가 뒤에서 갑자기 "뭐 마시겠어요?"라는 승무원의 말에 가슴이 덜컹했다. 아무 생각 없이 무작정 "맥주 부탁해요." 하고 대답했다.

대학 2학년 여름방학 때 사이좋게 지내던 사카이 나오라는 친구를 데리고 함께 귀향한 적이 있었다. 아버지는 딸의 친구 앞에서 괜찮은 아버지를 연출해 보려 했다. 저녁 자리에서 사카다 나오에게 열심히 술을 권했다.

"감사합니다." 하고 아버지가 따라 주는 술을 거침없이 들이

키던 사카다 나오가 사나에 쪽을 바라보며, "어라, 사나에, 뭐해? 오늘은 왜 안 마셔?"라고 하는 통에 사나에는 얼마나 민망했는지 모른다. 힐끗 옆을 보니 어머니의 표정이 일순 일그러졌다. 사카다 나오는 밥을 다 먹은 뒤, "잠깐 한대 피우고 오겠습니다." 하고 마당으로 나갔다. 그 뒷모습을 바라보며, "기집애가 담배나 피우고."라고 어머니는 미간을 찌푸리며 자신의 딸이 확실히 들을 수 있는 목소리로 중얼거렸다.

사나에는 대학 때까지 담배를 피우지 않았다. 취직해서 자식 셋을 둔 홀아비를 만나고부터 맨솔 담배를 피우기 시작했다. 귀향하기 전에는 호주머니는 물론이고 숄더백에도 담뱃갑이 들어 있지 않나 확인했다. 소지품 검사를 하듯이 어머니는 사나에의 가방을 멋대로 들여다보는 버릇이 있었기 때문이다. 한번은 그 현장을 목격하고 어머니에게 대든 적도 있었다. 딸의 험악한 기세에 눌려, "미안, 미안해, 미안하다고 그러잖아." 하고 어머니는 되뇌었다. 그러나 말뿐이었다. 아무런 죄의식도 없었다. 개가 다른 개 꼬리에 코를 대고 냄새를 맡듯이 어머니는 딸의 가방에 코를 들이미는 것이었다.

냄새 때문에 금방 들통이 날 터이므로(아버지는 담배를 피우지 않았다) 집에서 피울 수는 없었다. 그렇다고 바깥에서 피울 수도 없었다. 젊은이가 떠나고 고령화의 물결이 밀려든 거리에는 사람이 오가지 않는 장소가 얼마든지 있었다. 오후에 접어든 방파제, 유리창이 많이 깨진 폐업한 방직공장, 자동차 정비

업자가 소유한 녹슨 중고차들이 장난감 상자처럼 난잡하게 늘어선 공터. 요즘 들어서는 시골의 불량 중고생들이라도 그런 데서 숨어서 담배를 피우거나 하지는 않는다.

사카다 나오와 사나에는 만으로 돌출된 방파제 위를 걸었다. 거대한 콘크리트 건조물은 사나에가 어릴 적에 호안공사의 일환으로 만들어진 것인데, 저 먼 옛날부터 존재한 듯한 느낌을 주었다. 방파제 앞에 노인 하나가 서 있었다. 감색 털모자 사이로 마구 뒤엉킨 윤기 없는 흰 머리카락이 비어져 나왔다. 헐렁한 검은색 작업복을 아래위로 걸쳤는데 유명한 메이커와 비슷하기만 할 뿐인 로고가 든 싸구려 운동화를 신고 등을 동그마니 말고서는 담배를 피우고 있었다. 카도 데루 형님이라 불리는 사람이었다.

'카도'는 이름이 아니라 직업을 가리키는 말이었지만 그것이 무엇을 의미하는지 사나에는 알 수 없었다. 데루 형님에게는 아들이 둘 있었다. 둘 다 아버지의 제자였다. 안도 선생, 신세 많이 졌어. 늘 그런 말과 함께 생선을 들고 자주 집을 찾아왔었다. 오랜만에 보는 데루 형님은 옛날 모습 그대로였다. 눈 주변에서 입 주변에 이르기까지 조각칼로 도려낸 듯한 깊은 주름이 패여 있었다. 눈코가 작은 데다 새카맣게 그을린 탓에 멀리서 보면 표정을 알 수 없었다. 탁한 흰자위만이 눈에 띄었다.

데루 형님이 담배 피우는 것을 보고 사카다 나오는 입고 있던 노란색 파커의 호주머니에서 살렘 슈퍼 라이트 갑을 꺼냈다.

라이터가 없다는 걸 깨닫고, "죄송합니다." 하고 데루 형님에게 말을 걸었다. 다가오는 사카다 나오에게, "불?" 하고 말하면서 데루 형님은 손가락에 낀 담배를 건네주었다. 사카다 나오는 담배를 입에 문 채 앞으로 몸을 기울이고 담배 끝을 불 붙은 담배 끝에 갖다 댔다.

숨을 깊이 들이쉬면서 몸을 일으키고는 후웃 하고 크게 숨을 토해 낸 뒤 자신과 키가 거의 다르지 않은 자그만 노인에게, 고 맙습니다, 하고 인사를 했다. 그러자 데루 형님은 또렷이 들리는 소리로 흐응 하고 코를 울렸다. 입가가 풀어졌다. 만족스런 미소였다. 줄곧 사나에는 그렇게 생각했다.

그런데 사카다 나오가 후쿠오카로 돌아간 뒤 참돔을 가지고 온 데루 형님이 대문 앞에서 어머니와 나누는 대화가 들렸다.

"기집애가 담배나 피워쌌고 말이야."

그런 다음 데루 형님은 흐응 하고 콧소리를 냈다.

다시는 데루 형님하고는 말도 안 섞을 거라 다짐했다. 그러나 동시에 얼굴을 마주치면 절대 그러지 못하리라는 생각도 들었다. 여기는 누가 누군지 얼굴만 봐도 다 아는 작은 마을이다.

문섬 항구가 점점 눈앞으로 다가온다. 문득 그 이후로 데루 형님을 보지 못했다는 사실이 떠올랐다. 사카다 나오하고도 오래 연락하지 못했다. 마지막으로 전화한 것이 캐나다 여행에서 돌아온 다음이었다. 얼마나 대단한 여행이었는지, 사나에는 다소 과장해서 재미있게 떠들었다. 그러나 핸드폰 건너편에서 들려오는 상대의 대응은 이야기하는 사람의 열의에 찬물을 끼얹는 것이었다. 마음이 딴 곳에 가 있는 듯한 친구의 반응에 사나에는 실망하고 말았다.

그때 사카다 나오의 어머니가 말기암으로 입원 중이라는 것만 알았더라도 사나에는 그리 낙담하지 않았을 것이다. 이렇게 오래 연락을 끊은 채로 지내지 않았을지도 모른다. 그러나 사카다 나오는 그녀가 품고 있던 불안에 대해 아무 말도 하지 않았다. 캐나다에서 만난 남자에 대해 묻지도 않았는데 좋아라 떠들어대는 사나에하고는 너무 달랐다. 사카다 나오는 어머니의 상태에 대해 아무에게도 알리지 않았다. 사나에는 그 사실을 몇 년 전 어머니의 전화를 통해 알게 되었다.

"사카다 나오라고, 네가 대학생 때 데리고 온 아이 맞지?"

어머니 입으로 그 이름을 듣고 사나에는 놀랐다.

"그건 그런데, 왜?"

"어머니가 돌아가신 모양이야. 상중이라 연하장을 보낼 수 없다는 엽서가 왔어."

사나에는 입을 꾹 다물었다.

불안한 감정이 담겨 있으면서도 우스꽝스럽게 들리는 어머니의 목소리가 이어졌다.

"그 애 어머니라면 나랑 비슷하거나 나보다 적지 아마? 아팠던 걸까? 무서워……. 나도 요즘 유방에 멍울이 만져지는 것 같아서……. 진찰을 받아 봐야 할 것 같아."

사카다 나오와 연락을 취할 마지막 기회였을지도 모른다. 실제로 사나에는 전화와 메일을 보내 봤지만 옛날 주소가 아니었다. 엽서에 적힌 주소로 위로의 편지를 보냈지만 답장이 없었다. 마지막으로 페이스북을 통해 사카다 나오와 같은 고등학교를 나와 대학 시절에 친구가 된 사람이랑 어떻게 연락을 취할 수 있었다. 그 친구를 통해 사카다 나오의 어머니가 암으로 돌아가셨다는 사실을 확인했다.

사카다 나오와 마지막으로 전화로 이야기했을 때의 그 철없던 모습을 생각하니 부끄러웠다. 그때 캐나다 여행에 대해 말을 하면서 사나에는 사실 막 예감하기 시작한 사랑에 대해 전하고 싶었다. 흥분한 말투였을 것이다. 발효하기 시작한 사랑에 취했던 것이다. 그러나 그 사랑은 이미 오래 전에 끝났다. 지금 생각해 보면 그건 발효가 아니라 부패였다.

그 부패에서 발생한 독이 사나에의 몸을 통해 아들에게 전해지고 말았을까. 그렇다면 모든 것은 사나에 탓이다. 무릎 위 캐빈의 머리가 무겁게 움직였다. 땀에 젖은 캐빈의 머리카락을 살짝 쓰다듬었다.

사나에는 와타나베 미츠에 대해, 그 아들에 대해 생각하지 않을 수 없었다. 밋짱 언니의 아들이 중병으로 대학병원에 입원해 있다.

밋짱 언니에게 자식이 몇이나 되는지 사나에는 모른다. 다만 9년 전의 여행 때 몇 번이나 아들 이야기를 한 적이 있다. 태평양을 넘어가는 비행기 안에서 아기가 격하게 울부짖는 것을 들으면서 밋짱 언니가 누군가를 향해서인지, 주위의 짜증스런 반응을 달래려는 듯이, 아니 거기에 반발이라도 하듯이, 이건 아이의 울음일 뿐이라고 드세게 말하던 것이 기억난다. 그러나 그것이 기억의 오류라는 것도 잘 안다. 갈 때나 올 때나 나리타-시카고 항로의 비행기에서 옆자리에 앉은 사람은 자크였기 때문이다. 그런데도 사나에는 밋짱 언니의 목소리를 들은 기억이 있다. 그 목소리는 구름을 가르고 저 넓은 바다 위로 흩어지는 은색 빛살처럼 주변을 환히 밝히는가 싶더니 금방 힘을 잃고 작은 만의 어두운 수면에서 갈 곳을 잃은 채 흔들리는 저녁 노을의 옅은 빛으로 변해 버렸다.

"우리 애도 잘 울었어. 아무리 어르고 달래도 울음을 그치지 않아. 아무리 해도 울음을 그치지 않았어."

분명 그런 목소리가 기억에 남아 있었다.

그 '우리 애'가 지금 대학병원에 입원 중인 아들이 분명했다.

토론토에서 이틀을 보낸 다음 비행기로 이동하여 몬트리올에 도착한 것이 오후 6시였다. 6월이라 바깥은 아직도 훤히 밝았다. 우리 일행은 아무리 시간이 흘러도 지지 않는 해를 보고 놀라고 말았다. 해가 지면 금방 잠자리에 드는 것을 습관으로 삼는 마을 아줌마들은 시차 장애까지 겹쳐 괴로워했다.

"이불에 들어가도 잠이 안 와. 아무리 해도 잠이 안 와." 하고 고토 에코 언니가 말했다.

우리 일행은 레스토랑에 있었다. 밝은 햇살을 즐기려는 듯 길거리에는 사람들이 많았다. 다양한 피부색과 머리칼, 다양한 체격, 색감이 뚜렷한 패션, 온갖 울림을 가진 말. 예약해 둔 몬트리올 대학 가까운 호텔에 짐을 풀고 자크 캐로는 저녁을 먹으려고 일행을 데리고 나섰다.

"이렇게 외식만 하다가는 돈이 너무 많이 들어. 우린 슈퍼마켓에서 반찬 같은 거 사서 먹으면 되는데, 캐로."

규슈의 항구에 터를 잡은 거친 아줌마들은 고집을 부렸다.

"사, 사는 거야, 내가 사."

자기 집 앞이나 다름 없는 고향에 돌아온 자크가 평소보다 더 매끄러운 사투리로 그 사투리의 주인공들을 설득했다.

그러나 자크가 점 찍은 레스토랑은 너무 붐벼서 들어갈 수 없었다. 어쩔 수 없이 어느 체인점으로 들어갔다. 그곳에서는 좀 떨어져서 앉는다면 두 테이블을 확보할 수 있었다. 들려오는 외국어는 영어와 프랑스어 만은 아니었다. 중국어, 한국어도 들렸다. 가게 안을 가득 채운 웅웅대는 대화 소리는 식기나 글라스가 탁탁 부딪치는 소리와 뒤섞여 무슨 기하학적 문양의 마법적인 카펫을 짜내는 것 같았다. 그 분위기 속에서 사나에는 모든 사람이 외국인이고 동시에 모든 사람의 고향인 어떤 장소를 몽상했다. 둥! 그 카펫에서 규슈의 작은 해안가 마을로 내려선 사람은 후치노 마즈미였다. 일행에서 가운데서 가장 덩치가 큰 마즈미 언니는 커다란 몸을 흔들며 웃었다.

"나도 한숨도 못 잤어. 너무 피곤하면 잠이 오지 않는단 말야. 여기 와서 매일 아침부터 저녁까지 걷기만 했어. 평생 걸을 걸 다 걸은 기분이야. 발이 퉁퉁 부었어."

그 말을 듣고 이와모토 스미 언니가 "넌 안 걸어도 다리가 퉁퉁 불어 있잖아."라는 말로 마즈미 언니의 볼을 불퉁하게 만드는 바람에 모두 웃었다. 놀림감이, 그것도 눈에 잘 띄는 커다란 표적이 되어 버린 당사자도 마치 딱따구리가 나무를 쪼는 듯 거침없이 꺄꺄 하고 웃어젖혔다. 입가를 손으로 감추고 얌전하게 웃는 사나에를 보고는,

"사나에 짱, 넌 어때? 젊으니까 적응도 잘할 테니 시차도 괜찮지?" 하고 스미 언니가 물었다.

"그건 그래요, 잠이 안 오거나 그러지 않아요. 매일 돌아다니다 보니 적당히 피곤해져서 금방 잠들어 버려요."

사나에의 말이 끝나기도 전에, "보와라Voila." 하고 옆에서 큰 목소리가 들려왔다. 웨이트리스가 커다란 접시를 테이블 위에 내려놓았다.

"자크 씨, 이거 뭐야?"

스미 언니가 자크 캐로에게 물었다. 잔뜩 쌓인 프라이드 포테이토의 산 위에 갈색 소스를 뿌린 치즈가 듬뿍 올려져 있었다.

"뭐야, 이거 시궁창 물 같은 게."

후치 언니가 목소리를 높였다.

"시궁창 물이 아니라 아랫배에서 나온 똥 같잖아." 하고 일행

의 감각을 대변하여 스미 언니가 속삭이듯 말했다.

"으이, 기분 나빠. 이런 걸 먹어?"

그런 소란스런 반응 속에서 자크 캐로가 그의 고향에서 약 1만 킬로미터나 떨어진, 그리고 이 국제도시와는 하나도 닮은 데가 없는 작은 만에 접한 마을의 말로 대답했다.

"이건 프티누, 퀘벡의 향토 요리야."

"뭐라고, 자크 씨?"

밋짱 언니가 물었다.

"프티누, 밋짱 언니." 하고 자크가 대답했다.

"잊어버리기 전에 적어 둬야지."

밋짱 언니는 무릎에 끌어안은 작은 배낭을 열어 볼펜과 작은 노트를 꺼냈다. 그리고 '프티누. 퀘벡의 향토요리'라고 중얼거리면서 적어 넣었다.

"역시 밋짱은 공부를 열심히 해." 하고 스미 언니가 말했다.

"그거 되게 귀엽네." 하고 사나에가 말했다.

밋짱 언니가 고개를 들었다.

"그 빨간 배낭."

사나에는 손가락으로 배낭을 가리켰다.

밋짱 언니의 얼굴에 밝은 색 한 송이 꽃이 웃음으로 활짝 피어났다.

"아, 이거? 이거, 아들이 사 준 거야. 여행 때 쓰라면서."

사나에 곁에 앉은 이와모토 스미 언니가 다시 중얼거렸다.

"아무리 그래도 그렇지, 너무 보기에 안 좋아, 이 음식."

"정말 먹을 거야?"

눈앞에 떡 하니 놓인 감자요리, 징그러운 소스가 뿌려진 음식물에게 말을 걸듯이 후치 언니가 말했다. 딱 봐도 칼로리가 높아 보이는 그 음식물은 물론 아무런 대답도 하지 않았고, 거기 머물던 시선들이 후치 언니에게로 옮겨갔다. 그 시선들을 느낀 후치 언니는 그럴 필요가 없는데도 일행의 기대를 저 버리지 않고 외쳤다.

"안 먹어, 안 먹을래! 나, 이런 걸 먹었다가는 살이 더 찌고 말거야."

놀란 새 떼가 한꺼번에 날아오르듯이 웃음이 터져 나왔다. 바로 그 순간 캐로의 사투리가 멋들어지게 끼어들었다.

"개안타! 개안타!"

괜찮다, 괜찮다를 연발하면서 은근히 눈짓을 보냈다. 과연. 프티누를 가져온 웨이트리스, 철삿줄 같은 긴 흑발을 뒤로 질근 동여매고 의지가 강해 보이는 얼굴의, 라틴계와 아프리카계의 혼혈인 듯한 그 젊은 여성은 살집이 아주 좋았다.

"와! 정말 대단한 엉덩이네."

일행 가운데 가장 엉덩이가 큰 후치 언니가 말했다.

"내 엉덩이가 소라면 이건 코끼리잖아!"

마을에서는 누구도 상대할 수 없을 만큼 큰 엉덩이에 듬직한 몸집이지만 아메리카 대륙에 오고 보니 오히려 아담해 보일 만큼 이 주변에는 체격이 큰 여자가 많았다. 자크 캐로가 슬쩍 몸짓을 하자, 싫어, 어머나, 안 돼, 라며 규슈의 바닷가 마을에서 온 여자들은 지면으로 다시 내려선 새 떼들이 벌레를 서로 다투며 쪼듯이 웃어댔다. 웨이트리스는 자신이 화제의 중심에 있는 걸 아는지 모르는지 지금 눈앞에서 괴이쩍은 소리로 웃어대는, 그곳 사람들에 비해 굴곡이 두드러지지 않은 조그만 몸집의 동양여자들을 진화의 계통도에서 멀어져 고사해 가는 진귀한 새라도 보는 듯 멀뚱한 눈길로 바라보았다.

레스토랑에서 대화를 나눌 때는 잠을 잘 잔다고 했던 사나에였지만 그날 밤은 밤중에 눈을 뜨고 말았다. 2층 복도에 면한 트윈 룸에 보조침대를 하나 들여서 사나에는 밋짱 언니와 후치 언니와 같이 머물렀다. 자크 캐로는 자기 집에서 머물렀다가 다음 날 아침 9시에 호텔 로비로 와서 하루 동안 시내를 구경시켜 주기로 되어 있었다. 친구를 데리고 온다고 했다.

"여자애?" 하고 후치가 온몸에 호기심을 잔뜩 두르고 장난스럽게 묻자, 자크는 와하하하, 하고 호방하게 웃었다.

"아냐, 아냐, 남자."

방은 어두웠다. 머리맡에 놓아 둔 손목시계를 보니 아직 3시 반이었다. 후치는 한가운데 침대에서 깊은 잠에 빠졌다. 기분 좋게 코까지 골면서. 도로 쪽에서 트럭 소리와 퉁, 탕, 커다란 물건이 흔들리는 소리가 어둠 속에서 공기를 울렸다. 몸을 일으키고 창으로 눈길을 돌려 보니 그림자가 보였다. 밋짱 언니였다.

커튼 틈새로 바깥을 살피고 있었다.

"안 자?"

사나에가 낮은 소리로 물었다.

"어쩐지 길이 깨끗하더라 했더니."

감탄을 억누르지 못하는 목소리였다.

"봐, 사나에 짱, 저길 보라니까."

가로등이 비추는 길 위에는 커다란 트럭이 멈춰 서 있었다.

"완전히 달라……. 저길 봐, 사람 키보다 더 큰 타이어가 붙어 있어."

밋짱 언니는 끝도 없이 감탄하고 있었다.

길가에 멈춰 서서 작업을 하는 청소차는 우리 시골 마을에서 보는 수산회사의 가장 큰 트럭보다도 훨씬 더 컸다. 헬멧을 쓰고 형광 테이프가 붙은 작업복 차림에 고무장갑을 낀 검은 피부의 청소부들이 드럼통만 한 쓰레기통을 끌고 간다. 젖은 듯 은색을 띤 돌 포장길 위를 굴러가는 쓰레기통 바퀴에서 울리는 덜커덩 덜커덩 메마른 소리가 길가로 늘어선 석조건물에 메아리쳤다.

"봐, 저길 보라니까, 사나에 짱. 정말 잘 만들지 않았어? 쓰레기통이 다 똑같이 생긴 데는 이유가 있는 것 같아."

쓰레기통은 꽤 무거워 보였지만 청소부들은 그걸 가볍게 기울이기만 하면 그만이었다. 트럭 아래에는 쓰레기통 두 개를 걸 수 있는 고리가 달려 있었다. 청소부가 장갑 낀 손으로 버튼을 누른다. 모터가 돌아가는 소리가 나고 들려 올라간 쓰레기통은 크게 기울어진다. 그 움직임으로 자연스럽게 뚜껑이 열리면서 쓰레기가 쏟아지는 것이다.

"편리하게 되어 있네. 저러면 일하기도 정말 수월하겠어."

밋짱 언니는 시골의 별하늘을 처음 본 도회지의 아이처럼 눈을 반짝이며 동트기 전에 쓰레기 수거 작업을 하는 광경을 바라보고 있었다. 마치 캐나다에 온 목적을 달성한 듯한 표정이었다.

"난 이런 생각을 했더랬어. 어떻게 이 거리가 이렇게나 깨끗할 수 있느냐고. 이렇게 큰 도시에 어떻게 쓰레기 하나 찾아볼 수 없느냐고 말이야."

달가랑, 달가랑, 통, 통. 빈 쓰레기통을 원래 자리로 끌고 가는 소리가 들렸다.

"봐, 봐, 방금 저 건물 입구 문 앞으로 쓰레기통을 돌려놓았는데, 사나에 짱, 낮에는 저기에 쓰레기통이 없었거든."

사나에는 거기에 쓰레기통이 없었다는 사실조차 몰랐다.

"낮에는 쓰레기통을 건물 안에 넣어 두는 모양이야. 길 가는 사람 눈에 띄지 않게. 날이 저물면 쓰레기통을 길가로 내어놓고 새벽이 오면 저렇게 큰 트럭이 와서 치우는 거야. 거기서 그치지 않고 커다란 방수차가 와서 좌악 길가에 물을 뿌려 깨끗이 씻는 거지. 정말 대단해. 세상에는 머리 좋은 사람이 있어."

"그런데 밋짱 언니, 왜 그런데 관심을 가져?"

"관심?"

밋짱 언니는 질문의 의미를 잘 모르는 것 같았다.

"그야 보통은 길가에 쓰레기통이 있는지 없는지 확인하고 그러잖아?"

"그런가?"

밋짱 언니는 조금 새침한 표정으로 말했다.

"혹시 우리 남편과 아이가 청소부라서……."

"청소부? 밋짱 언니 남편이랑 아들이 청소차를 타?"

밋짱 언니는 고개를 끄덕였다. 점점 칠흑의 매끄러움을 잃어가는 새벽하늘을 후치 언니의 코 고는 소리가 이 빠진 톱날처럼 가늘게 자르고 있었다.

"둘 다? 공무원이야?"

밋짱 언니의 얼굴에 우습다는 듯 미소가 퍼져 나갔다.

"사나에 짱, 넌 정말 어느 시대 이야기를 하는 거니. 청소는 벌써 옛날에 민간업자에게 위탁되었어."

"아, 그랬어?"

사나에는 정말로 놀랐다.

"내가 어릴 때부터 고등학생 때까지 키가 작고 뚱뚱한 불상처럼 생긴 아저씨하고 볼에서 턱까지 화상 흔적이 있는 키 크고 야윈 아저씨가 청소차를 타고 쓰레기를 치우러 왔었는데, 저 사람들도 공무원이라고 아버지가 그랬는데……."

"작고 뚱뚱한 불상처럼 생긴 사람하고 키 크고 화상 흔적……. 아! 그 두 사람, 다카노우라 사람이야! 히고 셋짱 형님

62

하고 가타야마 마키 형님이야!"

그렇게 말하고 밋짱 언니는 웃었다.

"넌 정말, 그게 언제 적 이야긴데. 두 사람은 벌써 옛날에 은
퇴했어. 마키 형님은 얼마 전에 돌아가셨고……."

"정말? 그런가, 그랬구나……. 내가 초등학생 때 두 사람 다
할아버지처럼 보였으니까……."

"우리 애를 정말 귀여워해 주었는데……. 두 사람 다 중학교
밖에 안 나왔지만 구의회 의원이었던 우리 할아버지가 힘을 써
서 공무원을 시켜 주었던 인연도 있고 해서 우리한테 정말 잘
해 주었는데……."

"의리 있는 사람이네."

옛날이 그립다는 표정으로 있던 밋짱 언니는 문득 떠올랐다
는 듯이 말을 이었다.

"마키 형님의 얼굴에 난 상처는 사실 화상 때문이 아니야."

"엉?"

"마키 형님이 젊었을 때는 그런 상처가 없었다고 해. 구청에
취직해서 청소 일을 할 때 생긴 상처라는 거야. 수협 앞에 놓인
쓰레기통 안에 누가 넣었는지 원숭이 사체가 몇 마리 들어 있
었다고 해."

"원숭이 사체……. 왜……."

"글쎄……."

밋짱 언니는 고개를 갸우뚱했다.

"요즘하고는 달라서 원숭이가 밭을 헤집거나 집에 들어와서 소동을 부리는 그런 시대는 아니었으니까. 원숭이를 죽일 이유 같은 건 없었다고 봐야지. 쓰레기통 안에서 조그만 원숭이 손이 튀어나와 있었는데, 그것을 보고 마키 형님은 기겁을 한 모양이야. 청소차에 버리는 것도 기분 나쁘다고 해서 마키 형님이 그걸 그냥 바다로 집어던져 버린 거야!"

"바다에? 그래도 괜찮은 거야?"

"그건 안 되지! 지금은 절대로 안 되지!"

밋짱 언니는 눈을 동그랗게 뜨고 말했다.

"그렇지만 옛날에는 쓰레기건 뭐건 그냥 바다로 집어던졌으니까."

사나에는 바다에 떠다니는 원숭이 사체를 떠올리며 몸을 부르르 떨었다.

"그다음이 중요해."

밋짱 언니가 말을 이었다.

"마키 형님은 원숭이 사체를 만진 손으로 얼굴의 땀을 훔친 거야. 물론 원숭이를 버릴 때 끼었던 장갑은 벗고서. 그런데도 그렇게 닦은 자리가 아리고 아프더니만 다음 날 아침에 일어나 보니 얼굴에 불에 덴 듯한 흔적이 남은 거야. 다들 징그럽다고 그랬지. 마키 형님이 우리 집에 오기만 하면 아들을 무등 태워 주고 그랬는데 그런 일이 있고부터 얼마나 징그러운지 아들이 가까이 다가가려 하지도 않는 거야. 그런데 미신 같은 걸 무엇보다 싫어하는 해군 출신 우리 할아버지가 괜찮아, 괜찮아, 그러니까 마키 형님이 우리 아들을 끌어안고서……. 혹시 그게 잘못되었는지도……."

"뭐가 잘못된 거야……?"

사나에는 머뭇거리며 물었다.

밋짱 언니는 미소를 머금었다. 목소리가 작아졌다.

"우리 아들은 공부도 운동도 고만고만했으니까. 고등학교를 나와 그럴 듯한 일자리도 없어서 남편이랑 같이 막노동을 했었거든. 그렇지만 우리 동네 건설회사도 망하고 그래서, 그렇지만 몇 년 전까지만 해도 동규슈 자동차전용도로 일이 있어서 소에이 건설회사에서 일을 했었어. 그 소에이도 망하고 그래서……. 잠시 실업급여를 받고 지내다가 마침 그때 히고 셋짱 형님, 네가 불상처럼 생겼다고 한 그 사람 말이야, 산업폐기물 회사를 시작해서 우리 구의 청소 사업 입찰을 받은 거야. 할아버지한테 은혜를 입었다고 우리 남편한테 아들이랑 같이 와서 일을 해 보지 않겠느냐고……."

밋짱 언니는 크게 한숨을 내쉬었다.

"가끔 그런 생각이 들어서……. 그때 원숭이 사체를 버린 손으로 마키 형님이 아들을 안는 바람에 부정을 타기 시작한 게 아닌가 하는……."

어머니랑 똑같이 생각하는 사람이 여기도 있었다.

"그렇지만 지금은 그 회사에서 일하잖아?"

해뜨기 전의 몬트리올 거리에서 작업을 하던 청소차 소리가
멀어져 갔다.

"응. 그렇지만 그것도 언제까지 할 수 있을지 몰라."

무슨 말을 해야 좋을지 몰랐다. 밋짱 언니가 다시 입을 열기
만을 기다렸다.

"시와 구와 읍이 모두 합쳐서 새로 입찰을 한다고 하니까. 셋
짱 형님 회사가 다음에도 일을 딸 수 있을지 모르니까……. 설
령 일을 땄다고 해도 나이도 나이니까 우리 남편은 좀 그렇지
만, 아들은……. 아빠가 곁에 없으면 그 애는 어떻게 될지…….
우리가 죽은 다음에 그 애가 정말 혼자서 살아갈 수 있을
지……."

사나에를 곁에 두고서 밋짱 언니는 사나에에게 하는 것이 아
니라 그 자신을 향해 말을 하고 있었다. 사위를 감싼 어둠이 떨
리고 있었다. 후치 언니의 코 고는 소리 때문만은 아니었다. 사
나에는 느꼈다. 그러나 그 존재를 느끼고서도 놀라지 않았다.
창을 등 지고 선 밋짱 언니의 뒤편에 슬픔이 버티고 서 있었다.
슬픔은 아직 어슴푸레한 공기 속에서 처음으로 그 모습을 나
타내고는 밋짱 언니의 어깨를 부드럽게 쓰다듬고 있었다. 그러
나 슬픔이 보여 주는 그런 위로의 몸짓은 위로받는 자와 그것
을 느낀 자의 마음을 한층 더 아프게 할 뿐이었다. 대답을 알
면서도 물음을 던지고 마는 것은 왜일까. 사나에는 이윽고 입
을 열었다.

"그렇지만……, 다음에도……입찰을 잘하면……, 아주머니 남편과 아들이 계속 일을 할 수 있으면 좋을 텐데……."

"그럼 그럼, 사나에 짱. 고마워."

문섬의 잔교에는 블루마린 호의 도착을 기다리는 사람들이 없었다. 어디를 봐도 섬 주민으로 보이지 않는 다섯 사람이 다가왔다. 그리고 항구에 면한 몇 채의 민박집 앞에도 대여섯 명이 서 있었다. 그들은 모두 사나에의 부모와 같은 세대로 보였다. 배낭을 메고 모자를 쓰고 목에 수건을 두르고 트레킹화를 신었다. 목에 멋들어진 카메라를 건 사람도 있었다. 나쁜 기운을 쫓아내는 조개껍질이 흩어져 있는 백사장으로 잘 알려진 이 섬에 최근에는 태평양이 한눈에 내려다보이는 조망 때문에 사람들이 모여들게 되었다.

그 이야기를 듣고 어머니는 탄식했다.

"그렇게 대단한 경치는 아닌 것 같은데……. 외부에서 사람들이 좀 온다고 해서 일부러 길까지 만들다니. 그렇지만 늘 많이 오는 것도 아닌데. 고작 멧돼지나 사슴이 오갈 뿐이야. 세금만 낭비하고 말 거야."

"그런데 왜 그런 소문이 났을까?"

사나에가 중얼거리듯이 혼잣말을 하는데 어머니가 바로 대답했다.

"불라구라든가 불도구라든가, 거기에 누군가가 뭘 쓰고 나서 유명해졌다던데."

"블로그."

사나에가 또렷한 목소리로 말했다.

"맞아, 그거." 하고 어머니는 먹이를 본 매처럼 그 말을 낚아챘다.

"그 이후로 사람들이 하나둘 오기 시작했다더라."

겉모습뿐만 아니라 언뜻언뜻 들려오는 대화에서도 문섬 항에서 정기 여객선을 기다리는 사람들이 이 지방 사람이 아니라는 것을 알 수 있었다. 손자를 두어도 이상하지 않을 그런 연령대라서 그런지 배에서 내린 사나에 일행을 스쳐 지나갈 때 캐빈을 향해 귀엽다는 말을 건넸다. 그러나 그 부드러운 눈길들이 캐빈의 시야 속에 존재하는지는 알 수 없었다. 아들의 눈을 들여다보니 긴 속눈썹이 아침 햇살을 받으며 반짝이고 있었다. 아래로 떨어져 내리는 "참 귀여운 아이네."라는 말도 천사 같은 얼굴에 아무런 변화를 일으키지 못했다. 그렇지만 아무런 느낌이 없을 리는 없었다. 그러므로 거기에 감추어져 있을 기쁨이나 겸연쩍음 같은 감정을 바깥으로 끌어내기 위해 아들의 부드러운 볼을 살짝 집어 보고 싶었다. 그래도 나오지 않는다면 더힘을 넣어 꼬집어야 한다. 비틀어 놓아야 한다. 그렇게 된들 어쩔 수 없는 노릇이다. 아들은 울 것이다. 그러면 아름다운 천사 속에 묻혀 있던 진짜 아들이 나타날 것이다. 그렇지만 지금까지 천사에게서 나온 것은 갈가리 찢긴 지렁이였다. 짓밟혀 격하게 몸을 뒤트는 지렁이였다. 체액을 흩뿌리며 고통에 몸부림치는 미친 지렁이였다.

어느새 블루마린 호는 해안선을 벗어나 바다 한가운데로 나가고 있었다. 선실에 들어가지 않은 채 갑판에 섰던 사람들이 캐빈을 향해 손을 흔들었다. 사나에는 재빨리 캐빈의 등 뒤에 쭈그리고 앉아 뒤에서 캐빈의 손목을 잡았다. 그 손을 흔들어 보려고 했지만 무리였다. 작은 몸 양쪽에 착 달라붙은 두 팔은 안으로 움츠러든 새의 날개 같았다. 새는 자유롭게 날아야 한다. 자유롭게 날면 될 것을, 아무것도 그것을 가로막지 않는데도, 그리고 그 날개를 펴고 날아오르라고 곁에서 간절히 원하는데도 어떻게 날개를 접은 채 가만히 있을 수 있단 말인가.

네가 날개를 꺾었기 때문이야.

그런 비난의 목소리가 들려오는 것 같아 사나에는 아냐, 그렇지 않다니까, 하고 부정하는 대신에 아들의 손을 잡았다.

주위의 공기를 흔들어 대던 블루마린 호의 엔진 소리가 변했다. 두, 두, 두, 두, 섬의 뒤쪽에 서 있는 산에 메아리쳤다. 소리는 배의 엔진에서가 아니라 귀 저 안쪽에서 들려오는 것 같았다.

사나에는 아들의 손목을 더 세차게 거머쥐었다.

그때 기억이 되살아났다. 이렇게 손목을 꼭 잡은 적이 있었다.

그 기억을 불러오기 위해서 사나에는 아들의 손을 더 세차게 끌어당겼다. 그리고 분노한 사람처럼 발걸음을 옮겼다

도대체 어디로 가려는 것인가? 무엇을 하러 이런 데까지 온

것인가?

　사나에는 고개를 저었다. 물론 밋짱 언니 아들을 문병할 때 가지고 갈 조개껍질을 주우러 여기까지 왔다. 그런데도 애당초 그 이유를 스스로 믿지 않는 듯한 느낌이 들었다.

　그런 비현실감에 사로잡힌 것은 이곳이 인적 드문 섬인데도 그 현실이 거짓말이라는 듯 산 정상을 향해 올라가는 트레킹 객의 모습이 드문드문 보이기 때문일까. 아이를 데리고 온 사람은 사나에뿐이었다. 그들의 눈에 이 모자는 어떻게 보일까. 싫다는 아이를 억지로 끌고 가는 어머니? 그러나 캐빈은 울지도 않았고 저항도 하지 않았다. 이끄는 대로 걸었다. 사나에의 발걸음이 빨라졌지만 캐빈은 뒤처지지 않고 따라왔다. 길가에는 잡초가 무성한 빈터가 있는가 하면 사슴이나 원숭이를 막기 위한 그물이 쳐져 있고 가지, 오이, 호박이 자라는 밭도 있었다.

　어머니의 고향이긴 하지만 사나에에게 문섬의 기억은 없었다. 여길 찾은 기억이 없는데도 부적 같은 역할을 하는 조개껍질이 있는 백사장으로 가는 길을 알 수 있었다. 어머니라면 그 이유를 간단히 설명해 줄 것이다. "네가 뱃속에 있을 때 몇 번이나 이 길을 걸었거든."

　사람은 태아 때 경험을 기억한다. 어머니는 그것을 조금도 의심하지 않았다. 어머니는 사나에를 가지기 전에 두 번이나 유산했다. 사나에를 임신했을 때 어머니는 이번에야말로 무사히 건강한 아기를 낳으리라고 고향 문섬으로 돌아가 조개껍질을 찾왔던 것이다.

그러나 사나에는 그것만이 아니라는 사실을 잘 알았다. 사나에를 이끈 것은 어머니의 자궁에 있을 때의 기억보다도 밋짱 언니였다. 사나에는 그냥 밋짱 언니의 뒤를 따랐을 뿐이다.

왜냐하면 지금 사나에의 눈앞에 밋짱 언니가 걸어가고 있기 때문이다.

아니, 사나에 앞을 거침없이 걸어가는 초로의 여성은 혹시 밋짱 언니가 아니라 이 섬에 트레킹을 온 같은 연배의 여성일지도 모른다. 그러나 조그만 몸매에 약간 등이 굽은 모습은 분명 눈에 익었다. 밋짱 언니 그 사람이라고밖에 생각할 수 없었다. 무엇보다도 그 작은 등에 빨간 배낭이 매달렸다. 저건 캐나다 여행 동안 줄곧 밋짱 언니 등에 매달렸던 그 배낭이 분명하다.

어떻게 밋짱 언니가 여기 왔을까.

조금도 이상하지 않았다.

이유는 알고 싶지 않았다. 그렇지만 안다.

빨간 배낭에 시선을 고정한 채 사나에는 밋짱 언니만을 뒤따랐다. 항구도 옹기종기 모인 집들도 마을회관인지 학교인지 모를 건물도 그 뒤의 푸른 산도 사나에를 태우고 온 배도 하얀 물보라를 지워 버린 조용한 바다도 그 모든 것이 마치 낮잠에서 깨어난 아이의 의식 속에 떠오른 풍경처럼 현실감이 없었다. 하늘이나 구름이나 허공을 떠도는 매나 산이나 나무나 길이나 자동차나 집이나 자전거나 전신주나 벽이나 그물이나 배나 바다나 뗏목이나 부표, 갯내음, 썩은 물고기인지 조개인지 양식용 먹이인지 그런 냄새, 어선의 경유나 와이어 냄새, 볼을 스치는 머리카락을 흩날리게 하는 바람, 따끈따끈한 햇살, 이마나 옆 구리 겨드랑이를 적시는 땀의 감촉, 졸음 속에서 슬쩍 멀어지 던 것이 먹이에 몰려드는 굶주린 짐승처럼 깨어난 자의 의식을 향해 사정없이 한꺼번에 밀려들었다.

눈앞에 밋짱 언니가 걸어가지 않았더라면 사나에는 그 자리 에 그냥 쓰러지고 말았을지도 모른다. 사나에는 울지 않았다. 잠에서 깨어난 작은 아이처럼.

그러나 잠 못 이루는 아기가 울고 있다. 적막에 감싸인 어두 운 기내 어딘가 그리 멀지 않은 곳에서 격한 울음소리가 들려 온다. 가슴이 찢어진다. "우네." 하고, 잔뜩 목소리를 낮춘 탓에 더욱 선명하게 고막을 파고드는 목소리로 이와모토 스미 언니 인지 사와키 히이 언니인지, 속삭였다. "진짜로 우네." 하고 후치 인지 고토 에코 언니인지 큰 소리로 대답한다. "정말, 정말." 하 고 맞장구를 치더니, "귀여워, 귀여워." 하고 해변의 새들이 재잘 대기 시작한다. 아줌마들이 주위 사람들은 안중에도 없이 마치 마을에서 장례를 치르는 집 부엌에 모여 밤새도록 음식을 만들 때 처럼 떠들어댄다. 귀여워, 귀여워. 저렇게 울다니. 잠이 오는 데 잠을 잘 수 없으니까. 하긴 그래, 자기들도 잠을 못 자잖아. 정말이야, 어른들도 이렇게 힘든데, 아기가 어떻게 참을 수 있을 까. 불가능한 일이야. 정말 불쌍해.

아기의 울음소리가 어둠 속에 어렴풋이 빨간 빛을 비추는 것이라면, 새의 지저귐 같은 아줌마들의 목소리는 새들이 아침을 끌어오듯이 햇살을 불러들인다. 그녀들이 앉은 주변이 맑은 햇살로 감싸인다. 그러므로 만일 불유쾌한 듯한 숨소리나 기분 나쁜 기침소리가 들려온다면 그것은 아기의 울음소리가 시끄러워서가 아니다. 그 빛 탓이다. 그것이 잠들고 싶은 승객들에게 싫건 좋건 아침의 방문을 사정없이 알려 주기 때문이다. 아줌마들은 마치 잠을 방해받은 다른 승객들 속에 일어난 부정적인 감정을 울부짖는 아이로부터 자신들 쪽으로 끌어들이기 위해서 큰 소리로 떠들어대는 것 같았다.

그녀들은 지금 뭘 하고 있을까?

지금 밋짱 언니를 따라가면서 사나에는 같이 여행을 갔던 그 사람들 모두와 만나고 싶어졌다. 캐빈을 데리고 귀향한 이후로 한 번도 그런 생각을 한 적이 없었는데도.

울부짖는 아기와 엄마가 가장 힘들어. 그리고 아이란 원래 우는 거라니까.

그럼.

우는 거하고 자는 게 직업이니까.

그럼, 그럼.

실컷 울고, 피곤하면, 자는 거야.

그럼, 그럼.

웃음소리가 터진다. 쉿. 어둠 속 어딘가에서 누군가가 조용하

라고 외치는 대신에 이 사이로 공기를 뱉어낸다. 다른 의미라고
는 생각하기 힘든 소리. 그러나 아줌마들은 아랑곳하지 않고
아이와 엄마를 지켜 준다.

아이는 원래 우는 거라니까. 아이와 엄마가 가장 힘들어. 운
다는 건 건강하다는 증거라니까. 울지 않는 아이, 울 수 없는
아이가 얼마나 불쌍한데.

그때였다. 사나에 바로 옆에서 밋짱 언니의 목소리가 들렸다.
어느새 사나에가 앞을 걸어가는 밋짱 언니를 따라 잡은 것일
까. 밋짱 언니가 사나에의 귓가에 속삭였다. 슬픈 목소리였다.

우리 애도 울어. 얼마나 우는지 몰라. 아무리 달래도 울어.
아무리 해도 울음을 그치지 않았어.

사나에는 한 손으로 눈가를 훔쳤다.

이런 곳에 있을 리 없어. 밋짱 언니는 소중한 아들 곁을 지키
고 있을 테고, 사나에는 지금 그곳으로 문병을 가려 하니까.

그런데 지금 사나에 눈앞에서 빨간 배낭이 발걸음에 맞춰 흔
들리고 있다.

놀랍게도 밋짱 언니 혼자가 아니었다. 어린 아이와 손을 잡고
있었다. 캐빈과 같은 또래 아이였다. 뒷모습밖에 볼 수 없었지
만 캐빈이라고 해도 이상하지 않았다. 아니, 캐빈이다. 밋짱 언
니는 아이를 데리고 어디로 가려는 것일까.

사나에는 알고 있었다.

왜? 그래도 사나에는 물었다. 왜?

지금 사나에가 마음을 열고 귀를 기울일 수 있는 사람이 있다고 한다면 그건 밋짱 언니뿐이었다. 그 사람이 아들을 버릴 리 없잖아! 그렇게나 아들을 사랑스럽게 말하던 밋짱 언니였는데!

"밋짱 언니!"

사나에는 불렀다.

"밋짱 언니!"

대답이 없었다.

밋짱 언니는 아들과 손을 잡고 거침없이 앞으로 나아갔다. 등에서 흔들리는 빨간 덩어리가 땀과 눈물에 가려 시야를 가득 채웠다. 빨간색 선글라스를 쓴 것 같았다.

사나에는 눈을 닦았다. 놀랍게도, 아니 거짓말이야, 놀랍지도 않고 예상한 그대로, 그것은 절망의 눈물이 아니었다. 넘쳐 나는 환희가 이끌어 낸 눈물이었다.

사나에는 안도의 한숨을 쉬었다. 온몸에서 힘이 빠져나갔다.

밋짱 언니가 캐빈을 데리고 가 주었다.

사나에를 휘감았던 불안이 사라졌다. 바닥 없는 깊은 구멍 같았던 불안은 이미 찰 만큼 가득 차, 사나에는 커다란 해방감에 휩싸였다. 아니, 자신이 마치 세계를 감싸고 있는 것 같았다.

밋짱 언니라면 캐빈을 마음 놓고 맡길 수 있다.

사니에가 두고 간 것이 아니다.

아들을 버린 것이 아니다.

밋짱 언니가 데려가 준 것이다.

사나에는 다시 한 번 눈물을 훔쳤다. 시야 속에 되살아난 세계에는 밋짱 언니와 아들의 모습은 없었다. 태풍이 지나간 다음의 맑은 하늘 같았다. 모든 사물이 축적된 더러움을 깨끗이 씻어내고 원초의 무구를 회복했다. 사나에는 고개를 돌려 걸어온 길을 바라보았다. 발걸음은 가벼워야 했다. 아이에게서 해방된 지금 사나에는 완전히 자유로웠다. 그러나 몇 걸음 가지 않아 사나에를 감쌌던 경쾌하면서도 충만했던 환희는 이미 사라져 가고 있었다. 넘쳐나는 아름다움에 떨리는 이 세계에서 오로지 하나, 무구를 회복하지 못한 존재 때문이다. 무구의 세계를 힐끗 엿볼 수 있는 사나에만이 아이러니하게도 무구에서 끝도 없어 멀어졌다. 그리고 그 존재가 한 걸음 나아갈 때마다 몸을 움직일 때마다 주변 세계는 오염되어 갔다.

사나에의 발걸음이 제멋대로 움직였다. 마치 가야 할 길을 안다는 듯이. 재앙을 물리치는 조개껍질이 있다는 그 백사장을 향해 나아가고 있었다.

조금만 가면, 이대로 조금만 가면 돼, 어머니의 목소리가 들렸다. 네가 뱃속에 있을 때 몇 번이나 가 보았거든.

엄마라면 자신만만한 어투로 그렇게 말할 것이다. 그리고 잘 다듬어진 생울타리로 둘러싸인 이 집 정원에는 커다란 소나무와 먼나무가 자라고 있다. 그런 풍경에도 도무지 데자뷰가 없었다. 그런데도 딱딱하게 굳은 혈관처럼 이리저리 파고드는 좁은 골목길을 사나에는 조금도 망설임 없이 방향을 잡고 걸어갔다. 사나에는 지금 산 비탈길에 있는 작은 묘지 곁으로 난 좁은 길을 오르고 있었다.

분명 이 길을 걸어 본 적이 있다.

사나에는 알고 있었다. 그렇다면 캐빈도 잘 알고 있을지 모른다. 사나에에게 어머니 자궁 속에 있을 때의 기억이 있다면 사나에의 뱃속에서 9개월을 살다가 이 세계로 나온 아들 또한 이 길을 기억하고 있을 터이기 때문이다.

발의 움직임을 거스르지 않고 이 길을 나아가면 캐빈을 다시 만날 수 있을 것이다.

그런데도 사나에의 몸을 떨게 하는 기쁨은 없었다. 사나에의 몸에서 빠져나와 앞을 걸어가는 커다란 뱀 같은 것을 뒤따르며 또는 거꾸로 뱀 비슷한 뭔지 모를 것으로부터 도망치면서 언덕 길을 올라가노라니 파도 소리가 들려왔다. 한 걸음을 뗄 때마다 빠져나가는 지극한 행복이 마침내 다 말라 텅 비어 버린 사나에의 몸을 바다가 가득 채우려 했다. 언덕길을 내려가니 한 걸음마다 바다는 조금씩 몸을 높였다. 넘쳐 날 것 같았다. 바로 저기가 백사장이다.

그런데 생각지도 않은 곳에서 길이 끊어지고 말았다. 아니, 그것도 거짓말이다. 마음속에서 그리 되기를 바랐다. 파도 소리에는 아무런 변화도 없다. 그러나 길은 끊겼다.

눈앞에는 마구 엉킨 넝쿨을 잊을 수 없는 기억처럼 칭칭 감은, 하나 같이 비스듬히 몸을 기울인 나무들이 서 있었다. 그것들이 사나에의 앞길을 가로막았다. 나무들 사이로 조금 파고들었다. 강한 냄새를 풍기는 풀로 뒤덮인 나무 뿌리 때문에 찰싹찰싹 파도치는 지면은 천천히 아래로 기울어져 있었다. 그것이 몇 미터 앞에서 갑자기 뚝 끊어져 수직으로 떨어졌다. 바로 옆에 비어져 나온 튼튼해 보이는 나뭇가지를 거머쥐고 목을 빼아래를 내려다보았다. 5, 6미터 아래쪽에 암장이 보였다. 어두운 색깔을 한 울퉁불퉁한 커다란 바위 위에서 밀려왔다 밀려가면서 찢어지는 물결이 하얀 피를 흘리듯 거품을 뿜어내고 있었다. 그 암장 건너편에 백사장이 보였다. 핑크와 파랑, 보라색 조개껍질이 형형색색으로 빛나리라 생각했는데, 칙칙한 모래만가득한 특징 없는 백사장이었다.

가능하다면 거기서 그만두고 싶었다. 혼자 항구로 돌아가고 싶었다. 바다가 울었다. 오지 마, 하고 바다가 말해 주기를 바랐다. 암장을 쓰다듬는 파도 소리가 아무리 부드러워도 암장처럼 거칠게 쪼개진 사나에의 마음은 그 손길을 찢어 버린다. 바다가 상처받는다. 상처받으면 돼. 그러나 바다는 상처받은 기색도 보이지 않았고 사나에가 바라는 그런 말도 해 주지 않는다.

원래 자리로 돌아가 보니 길은 끊어진 것이 아니었다. 왼편에 작은 길이 있었다. 속절없이 자란 키 큰 풀이 그 입구를 가려 보지 못했을 따름이다.

그 길에 발을 들이밀자 수증기처럼 숫, 작은 메뚜기가 날아오르고 벌레들이 춤을 추었다. 아니, 그것은 사나에의 한숨이었을지도 모른다. 내리막을 다 내려서자 나무들도 사라지고 빛으로 넘쳐나는 바다와 백사장이 한꺼번에 눈앞을 가득 채웠다.

이 백사장도 섬을 방문하는 사람들의 트레킹 코스인 듯했다. 멀리서 초로의 남녀가 걸어가는 것이 보였다. 밋짱 언니와 아이가 아니었다. 여자의 등에는 감색 배낭, 그녀의 선명한 빨강 배낭이 아니었다.

기뻐해야 할지 절망해야 할지, 아니면 분노해야 할지 알 수 없었다. 파도 소리는 너무도 중립적이었다.

모래는 너무 부드러워 밟아도 거의 소리가 나지 않았다. 모래 위에 아들의 발자국을 찾아보려 했다. 거기에는 발자국 같은 것만이 아니라 뭔가를 끌고 간 듯한 흔적이 있었다. 추상화에서나 나옴 직한 그 문양을 따라 시선을 뻗어 보니 검게 그을린 유목들이 겹쳐 있었다. 거의 다 무너진 짐승의 뼈대와도 같은 그 나무둥치를 제각기 팔로 감쌀 만한 크기의 제멋대로 생긴 돌들이 둥그렇게 감싸고 있었다. 사나에는 모닥불 흔적으로 다가갔다. 불은 완전히 꺼져 있었다. 온기조차 없었다. 인기척은 없나 하고 주위를 둘러보았다.

건너편에 돌을 쌓아 올린 탑 같은 것이 보였다. 가까이 다가가 보니 토대의 돌에 녹색 물풀 같은 것이 붙어 있어서 바닷물이 거기까지 찬다는 사실을 안 수 있었다. 길 같은 것은 보이지 않고 백사장이 그냥 이끼나 풀이 자란 적갈색 흙으로 바뀌어 있었다. 그 구석에 작은 신사 건물이 보였다.

온몸에서 힘이 빠져 나가고 그 자리에 털썩 주저앉아 버릴 것 같았다.

"캐빈."

신사 정면 계단 맨 위에 작은 아이의 등이 보였다.

"캐빈."

그러나 아이는 돌아보지 않았다.

그렇다면 이 아이는 캐빈이 아닌 것인가. 혹시 재앙을 물리치는 이 백사장을 걸은 탓에, 거기 흩어진 조개껍질을 밟은 탓에 아들의 몸에 숨어 있던 갈가리 찢긴 지렁이가 사라져 버렸는지도 모른다. 만일 그렇다면 이 아이는 이미 사나에의 아이가 아니다.

어머니에게서 등을 돌린 채 고개를 수그리고 서 있었다.

사나에는 아이에게 다가가 등 뒤에서 슬쩍 얼굴을 엿보았다. 컬을 이룬 부드러운 머리카락이 긴 속눈썹을 덮었다가 매끄럽고 발간 볼에 어리광을 부리듯 걸려 있었다. 아이는 눈을 감고 있었다. 보는 사람에게 잊지 못할 인상을 남기는 그 커다란 눈이 감겨 있어도, 잘 다듬어진 코와 입술을 보는 것만으로도 신의 점지를 받은 아름다운 아이(그렇지만 신이 점지한 곳은 거기뿐이다)라는 것을 바로 알 수 있었다.

아이는 두 손을 가슴 앞에 모으고 있었다.

그러다 갑자기 고개를 들고 뒤를 돌아보았다. 열린 눈, 사나

에는 그 커다란 눈동자 속으로 빨려들 것 같았다. 아이가 손을
뻗었다.

엄마를 향해?

그게 아니었다. 공중에 걸린 밧줄, 방울 아래로 늘어진 신사
의 밧줄을 향해 손을 뻗었다.

사나에는 등 뒤에서 아이의 양 겨드랑이에 팔을 집어넣었다.
아이는 저항하지 않았다. 안긴 채 허공에 떠올랐다. 아이는 밧
줄을 잡더니 잡아당겼다. 방울 울리는 소리는 나지 않았다. 아
이는 더 세차게 밧줄을 흔들었다. 이윽고 소리가 떨어져 내렸
다. 찰그랑, 찰그랑. 공허한 소리가 찰과상처럼 메마른 선을 긋
고 그 선이 파도 소리 사이의 정적 속으로 빨려 들어갔다.

딱히 기뻐하지도 않는 아이를 내려놓자 아이는 다시 두 손을
모으고 고개를 떨구었다.

신사 정면의 문은 잠겨 있었다. 어른 손바닥보다 큰 자물통
이 매달려 있었다. 새전함에서 돈을 훔치는 사람이 있다는 이
야기를 어머니에게서 들은 적이 있었다. 이 복잡한 해안선의 마
을들에는 지금은 거의 사람이 상주하지 않는 신사들이 있다.
그래도 새전함에 손을 대는 경우는 여태 없었는데, 요즘 들어
새전함을 들고 가는 사건이 가끔 발생한다고 한다. 분명히 외지
에서 온 사람의 소행이라고 어머니는 단언했다.

자물통에서 아침 햇살이 반짝반짝 빛난다. 아주 튼튼해 보인
다. 그렇지만 그것은 신사에 설치된 새전함을 지키려는 것이 아

니라 신을 포박하는 장치인 것 같았다. 전지전능해야 마땅할 신이 아는 것이라고는 인간에게 나쁜 것, 알면 마음을 헤집어 놓는 것뿐이라며.

사나에는 신사 내부를 상상해 보았다. 그 안에는 어떤 천장화가 그려져 있을까. 친정 가까운 신사는 지역 사람들이 기부금을 내서 거창하게 개보수 공사를 막 마친 참이었다. 천장을 30센티미터 정방형으로 구분하여 그 하나하나에 기부자 이름을 적어 넣고 각기 다른 그림을 그려 놓았다. 아버지 구획에는 커다란 소를 데리고 가는 어린아이의 그림이 있었다. 그것은 아버지가 바란 것이 아니었다. "칠복신이나 배를 그려 넣고 싶었는데 말이야." 하고 낚시를 좋아하는 아버지는 중얼거렸다. 원하는 그림을 넣지 못한 것은 기부금이 적었기 때문이 아닐까 하고 의심하는 눈치였다. 그것도 그럴 것이 거액을 기부한 것으로 알려진 도시나가 수산 사장 스토 하루도시의 구역(그것도 4인분이나 되는)에는 화려한 색채의 풍어기가 나부끼는 거대 선단이 그려졌고 선두에 선 배에 제18 도시나가 호라는 이름까지 적어 넣는 서비스를 해 주었다고 한다. 그래서 아버지는 자기 구획의 그림에 대해 불만을 토로한 것이다. "소는 비쩍 말라서 힘도 없이 비칠비칠해 보이는 데다 그 옆에 선 어린아이는 눈이 너무 작아서 말이야." 하고 아버지는 두 눈 끝을 손가락으로 끌어당기며 캐빈의 얼굴을 엿보았다.

"우리 귀여운 캐빈하고는 하나도 안 닮아서 못 생겼어."

그러나 손자는 웃지 않았다. 애당초 쳐다보지도 않았다.

신사 앞에 선 사나에는 아이의 몸짓을 흉내 내어 가슴 앞에 두 손을 모았다. 눈을 감고 머리를 조아렸다.

그때 사나에 속에서 소용돌이치며 넘쳐나던 말들을 과연 기도라고 불러도 좋은 것일까. 도쿄에서 둘이서만 지내던 때, 사나에는 캐빈을 가까운 공원이나 백화점에서 몇 번이나 잃어버렸다. 그 조각과도 같은 아름다운 얼굴이 불안과 공포에 일그러지고 커다란 눈동자에 눈물이 가득 고이는 것을 보고 싶었다. 있는 힘을 다해 엄마를 불러대는 목소리를 듣고 싶었다. 엄마가 없으면 분명히 찾을 것이다. 그렇게 스스로를 정당화했다. 아들이건 갈가리 찢긴 지렁이건 엄마라고 불러 주기만 하면 된다고. 그렇지만 사실은 갈가리 찢긴 지렁이건 아들이건 아무튼 그런 것에서 해방되어 자유롭고 싶었다. 갈가리 찢긴 지렁이를 아들에게서 쫓아내고 싶었던 것만은 사실이다. 아들을 갈가리 찢긴 지렁이로 바꿔 버리는 스위치를 찾아 헤맨 것도 사실인지 모른다. 그러나 스위치를 찾아내지 못했다. 당연하다. 애당초 그런 스위치는 없으므로. 그렇지만 스위치가 있다고 믿는다면, 믿는 척한다면, 그것을 찾아낼 수 있다. 분노가 아니다. 마구 꼬집은 것도, 마구 때린 것도 아니다. 멍 자국은 그 스위치를 찾으려는 어머니의 절망적인 흔적이다. 갈가리 찢긴 지렁이가 아들에게서 스위치를 찾아보라고 끊임없이 사나에를 도발했다. 어머니가 아들을 버리려고 한 것은 아니다. 혼자 있고 싶었을 따름이다.

활짝 갠 하늘에서 쏟아지는 정오의 햇살은 지금 여기 있는 현실 그 자체를 더 없이 명확하게 드러냈다. 사나에와 캐빈은 돌아가는 블루마린 호를 타고 있었다. 사나에는 옆에 앉은 캐빈을 보았다. 아들은 무릎 위에 유리병을 소중하게 끌어안고 있었다.

병 속에는 섬 해안에서 주워 모은 작은 조개껍질과 검은 모래가 들어 있었다. 아기 적 캐빈의 손톱을 연상하게 할 조개껍질이나 커피색으로 꼬불꼬불한 고등 껍질 등 귀엽고 아름다운 조개껍질들을 금방 찾을 수 있다고 생각했지만 쉽게 눈에 띄지 않았다. 친정의 불단 위에 놓인 작은 병에 든 형형색색의 작고 큰 조개껍질이 그 백사장에서 주운 것이라고는 믿기지 않을 정도였다.

조개껍질을 찾는 어머니 곁에 아들도 쭈그리고 앉았다. 캐빈이 아무것도 묻지 않았지만 사나에는 가르쳐 주었다.

"엄마가 여행할 때 같이 갔던 사람의 아들이 지금 아파."

캐빈은 어머니 흉내를 낼 생각이었을까, 작은 손에 조그만 돌들이 섞인 모래를 퍼 올려서는 어머니가 들고 있는 유리병 주둥이에 손을 덮었다. 모래와 작은 돌이 사르르 흩어졌다. 사나에는 유백색 고등을 하나 집어 들고 캐빈 눈앞에 내밀었다.

"모래가 아니라 조개껍질을 줍는 거야."

그러나 아들은 모래를 집어서는 유리병에 넣으려는 동작을 반복했다.

"뭐, 어때……. 같은 곳에 있는 거니까 효과도 똑같겠지."

그럼, 그럼, 하고 파도가 울었다.

지금, 그 파도를 보내주었던 같은 바다 위를 나아가는 블루마린 호의 선창에서 사나에는 바깥을 바라보고 있다. 드문드문 흩어진 양식 뗏목과 부표는 그냥 흔들리기만 할 뿐, 캐빈이 무슨 생각을 하는지 설령 안다고 해도 가르쳐 줄 생각이 없는 것 같았다.

몬트리올에 도착한 그날 레스토랑에서 식사를 마치고 다 함께 호텔로 걸어갈 때였다. 공원 가까이서 아이를 데리고 가는 흑인 어머니와 스쳤다.

"봤어?"

이와모토 스미 언니가 눈짓을 했다.

"아이가 넷이나 돼."

스토 사유리가 감탄하며 말했다.

아니, 그게 아니고, 하며 스미 언니가 고개를 젓더니 후치 언니 쪽을 바라보았다. 스토 사유리가 웃었다.

그 흑인 어머니도 대단한 체격의 소유자였다. 스팽글로 장식된 번쩍이는 검은색 반소매 니트에다 같은 검은색 청바지를 입고 있었다. 튼실한 허리와 허벅지 위에서 천이 찢어질 듯이 팽팽하게 부풀어 올랐다. 그러나 발목은 커다란 몸을 지탱하는 것이 이상하다 싶을 만큼 가늘고, 샌들을 신은 발가락에는 암석색 페디큐어. 상반신도 참으로 대단해서 손에 든 쇼핑 봉지만큼 커다란 유방이 덩실 둥그런 몸통 위에 버티고 앉았고, 짐을 들지 않은 건장한 팔로 머리를 빡빡 깎은 눈이 커다란 남자애를 끌어안았다. 그리고 체크 반소매 셔츠에 청바지 차림으로 안경을 낀 초등학교 저학년 정도의 키 큰 남자애와 손발이 길고 훤칠한 서로 닮은 예쁜 소녀 둘을 거느리고 있었다.

"쌍둥이인가?" 하고 이와모토 스미 언니가 사와키 히이 언니에게 묻는 말이 들렸다.

"그럴까?" 하고 사나에는 물었다.

"뭐가?" 하고 같이 걸어가던 고토 에코 언니가 되물었다.

어머니 팔에 안긴 남자애는 어깨를 아래위로 드세게 흔들어 댔다. 스쳐 지날 때 훌쩍훌쩍 흐느끼는 소리가 들렸다. 긴 속눈썹에 눈물이 맺혔고 눈동자는 젖어 있었다. 눈물이 긴 흔적을 남긴 볼 아래는 콧물이 범벅이었다.

"엄마한테 야단을 맞은 건가?" 하고 에코 언니가 어차피 못 알아들을 거라는 듯 큰 소리로 말했다.

"색깔이 검건 희건 아이는 어딜 가든 마찬가지야."

그러나 뚱뚱하긴 하지만 아주 예쁘게 생긴 엄마는 오히려 기분 좋은 웃음을 머금고 있었다.

"그러고 보니." 하고 사나에는 에코 언니에게 말했다.

"캐나다로 오는 비행기 안에서 아기가 계속 울었잖아. 너무 울어대는 바람에 주위 사람들이 짜증이라도 내지 않을까 얼마나 걱정했는지 몰라. 그때 밋짱 언니가 아기는 우는 게 당연한 거라고……."

에코 언니가 눈을 동그랗게 뜨며 말했다.

"그랬어?"

사나에는 조금 과장된 목소리로 말했다. 사나에는 그때 자기 옆에 앉았던 사람이 밋짱 언니가 아니었다는 사실을 완전히 잊고 있었다.

"엣, 그렇게 큰 소리로 울었는데도!"

그러자 에코 언니는 어이없다는 듯이 말했다.

"기억이 안 나. 아마 잠들었던 모양이야."

사나에는 놀랐다.

"밋짱 언니는 자기 아들이 울어서, 울어서, 정말 어쩔 줄 몰랐다고, 역시 그것도 비행기를 탔을 때였을까?"

에코 언니는 이상하다는 표정을 지었다. 자크와 나란히 앞쪽에 걸어가는 밋짱 언니 쪽을 힐끗 보더니 사나에에게 물었다.

"정말로 밋짱 언니가 그런 말을 했었어?"

사나에는 갑자기 자신이 없어지고 말았다.

"아마도."

에코 언니는 한숨을 내쉬더니 얼굴을 가까이 대고 속삭이듯 말했다.

"나한테 들었다고 말하지 마."

사나에가 고개를 끄덕이자 에코 언니는 이야기를 이어갔다.

"밋짱 말이야, 아들 때문에 옛날부터 고생이 많았어. 걸음마도 다른 애들보다 한참이나 늦었고, 말도 잘하지 못해서 마음 고생이 얼마나 심했는지 몰라."

더는 안 듣는 것이 좋다고 사나에의 직감이 속삭였다. 그렇지만 듣지 않고는 견딜 수 없었다.

"아들이 크게 울었다고 밋짱 언니가 말했어? 그렇지만 옛날에 우리는 그 반대의 일로 걱정했더랬어. 밋짱 아들 말이야, 표정도 별로 없고 희로애락을 잘 모르는 애라서……. 늘 걱정이었어. 운동도 공부도 많이 떨어졌고 아프지 않는 게 유일한 장점이라고 밋짱이 말하기에, 그럼, 그럼, 세상에 건강보다 더 소중한 게 어디 있느냐고, 그것만 있으면 된다고, 우리가 위로하고 그랬지. 아무리 욕을 해도 인상 한 번 찡그리지 않고, 남의 욕도 하지 않고, 우리를 보면 늘 즐겁게 인사를 하고, 다리가 시원찮은 노인을 대신 해서 성묘도 해 주고……그런 애가 세상에 어디 있느냐고! 우리는 정말 그렇게 생각했으니까……. 건강하면 그보다 좋은 게 어디 있느냐고, 누구한테 피해도 끼치지 않고, 그런 말을 하니까, 그런가……, 정말 그런 거지 에코 언니, 하고 밋짱이 되묻기에, 그렇다고, 당연히 그렇지 않느냐고 내가 말해 줬거든. 그렇지 않느냐고. 그랬더니 밋짱이 울어……. 왜 울고 그러냐고 하면서 나도 그만 울어 버렸어. 그래서 같이 울었지. 밋짱이 우는 모습은 그때 처음 봤어. 그렇게 밝은 사람이, 사나에 짱, 세상 어디에 오로지 밝기만 한 사람이 있을까……. 그런 사람이 있다면, 그건, 그냥 바보야……."

갈 때는 아무도 내리지 않은 흑섬에서 노파 세 사람이 탔다. 사나에를 향해 고개를 까딱하더니 옆에 앉은 캐빈을 바라보며 입에 입을 모아 조잘거렸다. 어머나, 어머나, 정말 예쁘네, 어쩜 이렇게 이쁠까, 그렇지만 엄마랑 많이 닮은 것 같진 않네, 그렇네, 외국 애 같아 보여.

누가 듣건 말건 떠오르는 대로 그냥 말해 버리는 버릇이 사나에의 어머니와 똑같았다. 노파들은 사나에 앞에 자리를 잡고 앉았다. 배 엔진 소리에 질세라 목소리를 높여 이야기를 나누었다. 병원에 약을 타러 가는 모양이었다.

육지를 바라보니 곶의 끝 쪽에 하얀색 굴뚝 하나가 보였다. 연기는 나지 않았다. 예전에 쓰레기 소각장이 있던 자리다. 쓰레기 처리장을 합병한 이후에 친환경 센터가 실제로 건설되었는지 사나에는 모른다.

쓰레기 소각장 굴뚝을 바라보며 사나에는 생각했다. 설령 저곳이 합병 이후에 사용된다 하더라도, 그리고 설령 밋짱 언니의 남편과 아들이 일하는 회사가 입찰을 받아 청소 사업 수주에 성공을 했다 하더라도, 적어도 밋짱 언니의 아들은 일을 하지 못할 것이다.

그 사건은 몬트리올 거리의 청소 작업을 바라보며 사나에와 밋짱 언니가 같이 아침을 맞이한 그날에 일어났다. 시골 아낙네들은 잠이 오건 안 오건 빨리 일어나는 습관은 여전해서 9시 약속인데도 8시 반에 셀프 서비스인 아침식사를 끝내고 준비를 갖춘 채 기다리고 있었다. 일행은 호텔로비에 옛날부터 설치된 장식품처럼 앉아 자크 캐로가 오기를 기다리고 있었다.

아줌마들의 습관을 잘 아는 자크는 약속한 대로 어릴 적 친구 프레드릭 미론을 데리고 9시 5분 전에 호텔에 나타났다. 둘 다 긴 소매 셔츠를 걷어올리고 데미지 가공을 한 청바지에 운동화 차림이었다. 키는 비슷했지만 뼈대가 건장한 자크에 비한다면 프레드릭은 어깨도 좁고 비쩍 마른 체구였다.

"어라, 젊은 애가 대머리네."

프레드릭을 보자마자 고토 에코 언니가 중얼거렸고, 곁에 있던 사와키 히이 언니가 떠오르는 대로 그냥 아무렇지도 않게 말해 버리는 친구의 옆구리를 쿡 찌르면서,

"들리겠어, 소리 좀 죽여." 하고 나무라는데 후치가 큰 소리로 일행을 안심시켰다.

"괜찮아, 괜찮아, 일본어 몰라."

그런데 귀 주변에서 뒤통수에 걸쳐 조금 남은 머리카락마저 깨끗이 깎아 올린 달걀 같은 머리를 커다란 손바닥으로 슬쩍 쓰다듬으며 프레드릭이 어딘지 모르게 겸연쩍은 듯한 미소를 머금는 통에 아줌마들은 어둠 속에서 자신들을 노려보는 고양이 기척을 느낀 암탉처럼, 어머, 어머, 이걸 어째, 하고 어쩔 줄 몰라 했다.

세상에서 가장 밝고 건강한 자크 캐로와 나란히 선 프레드릭은 어딘지 모르게 신경이 예민해 보였다. 후일 그것을 물려받은

캐빈의 커다란 눈에도 울적한 빛이 감돌았다. 그런 분위기에 끌렸는지도 모른다. 어디에도 자신이 있을 장소를 찾지 못하고, 왠지 주위와 어울리지 못해 우물쭈물하는 사람을 사나에는 좋아하는 경향이 있었다.

대학 때 만난 남자는 아르바이트 하는 편의점에서 알게 된 두 살 위 전문학교 학생이었다. 아버지의 폭력과 음주벽이 원인이 되어 어머니가 집을 나가고 아버지와 같이 살려고 들어온 애 딸린 중년여자에게 미움을 받아 야시로에 사는 할아버지 슬하에서 자랐다고 했다. 그가 술에 취하면 입버릇처럼 하던 말이 기억났다.

"난 할배 할매가 아니라 개가 키워 줬어."

할아버지는 심하다 싶을 만큼 엄격한 사람으로, 벌을 줄 때면 개집에다 아이를 묶어 버렸다. 집에서 기르던 순백의 거구 잡종 암캐 키나코는 부모에게 버림받은 그 남자애를 따뜻하게 맞아주었다. 키나코는 눈물 젖은 그의 얼굴을 핥으며 위로해 주었다. 상냥하기만 하던 그 키나코가 어느 날 이웃집 할머니를 향해 격하게 짖어댔다. 그 바람에 놀라 넘어진 할머니는 대퇴골 골절상을 입고 드러눕고 말았다. 고액의 치료비를 물어주게 된 할아버지는 격노해서 몽둥이로 개를 두들겨 팼고 그게 부러지자 이번에는 지팡이로 키나코를 죽일 기세로 두들겨 팼다. 울부짖으며 그는 사랑하는 암캐를 지키려 했지만 미칠 듯이 날뛰는 할아버지 앞에서는 무력할 수밖에 없었다. 그도 할아버지에게 두들겨 맞았다. 색 바란 하얀 털이 빨간 피로 얼룩졌다. 숨을 헐떡이는 키나코를 할아버지는 경트럭 짐칸에 싣고 가 어딘가에 버려 버렸다.

키나코는 돌아오지 않았다.

"그 시발 할방구가 죽인 거야." 하고 눈물을 흘리며 사랑하는 개의 추억을 더듬는 그의 모습이 음침함을 넘어 무섭기도 하고, 한편으론 사랑스럽기도 했다.

엄마나 다름없는 키나코가 곁에 있었더라면 그의 볼을 타고 흐르는 눈물을 혀로 핥아 주었을 것이다. 그러나 개의 보살핌을 받으며 자란 보람이 있어서인지 혀로 애무하는 테크닉 하나만큼은 정말 대단했다. 젖꼭지와 성기 그리고 항문까지 샅샅이 핥아 주었다. 개처럼 뒤에서 성기를 삽입하는 체위를 좋아했다. 그리고 개처럼 금방 사정해 버렸다.

부모가 이혼 상태라는 것만 들어도 어머니가 떠올릴 표정이 선했다. 사나에는 그에 대해서는 입을 다물고 여름방학 때 고향에 놀러 온 사카다 나오토 딸의 남자관계에 대해 묻는 어머니의 말에 친구는 그 성격 그대로 어물쩍 넘겼다. 그런 그가 어느 날 갑자기 도쿄로 간다면서 모습을 감추어 버렸다. 그는 부모나 다름없는 개하고는 달리 귀소본능 같은 게 없었는지, 아니면 사나에라는 존재가 그가 돌아가야 할 곳이 아니라고 생각했는지, 다시는 모습을 나타내지 않았다. 취직한 다음 깊은 관계를 맺었던 그 중년 홀아비도 자식이 셋이나 되어 솔직히 말해 어머니에게 소개할 수 없었다.

사나에가 좋아하게 되는 남자의 경향을 고려해 보았다면, 프레드릭에게 마음이 끌린 그 시점에서 충분히 경계를 했어야 했다. 캐나다 여행에서 돌아온 다음 두 사람은 2년 가까이 메일과 전화를 주고받았다. 그리고 두 사람이 만났을 때 프레드릭은 마길 대학의 경영대학원에서 MBA 공부를 하고 있었다. 그러나 그 이전에 같은 대학의 동아시아연구과정에서 공부했고, 나루세 미키오(프레드릭한테 듣기 전까지 그런 영화감독이 있다는 것도 사나에는 몰랐다)에 대한 논문으로 석사학위를 받은 탓에 일본어 지식이 있었다.

그 후 도쿄의 여러 대학에서 영어와 프랑스어 강사직을 확보하고 프레드릭은 일본으로 왔다. 사나에는 그즈음 구청의 교육위원회 일을 그만두고 후쿠오카의 중견 재건축회사 사무원으로 일하고 있었다. 사나에도 때로 도쿄로 올라가 프레드릭이 사는 무사시고야마의 아파트를 찾았다. 얼마 지나지 않아 프레드릭은 외국계 금융회사로 자리를 옮겼고, 사나에는 프레드릭의 방으로 들어갔다. 아기가 생길 것을 예상하고 두 사람은 미나미아자부에 넓은 아파트를 구해 이사를 했다.

프레드릭과의 동거에 대해 어머니는 당연히 강하게 반대했다. 그런 어머니도 프레드릭의 연봉을 듣고는 입을 다물었다. 평소에도 고향을 찾은 친척들에게 인사 대신에 아무렇지도 않게 월급이 얼마냐고 묻는 어머니였다. 인간의 가치를 연봉으로 정하는 정도까지는 아니지만, 적어도 남자의 가장 소중한 가치는 그 경제적 능력이라고 믿는 것만은 분명했다. 학교 선생이었던 아버지의 월급은 시골에서 결코 나쁜 편은 아니었고, 무엇보다 교사는 안정된 직업이었다. 아버지와 결혼한 다음부터는 이 마을의 다른 여자들처럼 억척스럽게 일을 하지 않아도 되었다. 하루하루의 생활 속에서 세세한 불만이야 끊임이 없었을 테지만 경제적으로 안정된 생활을 보장해 준다는 점에서 어머니는 아버지를 높이 평가했다. 처자식을 먹여 살릴 만한 경제력만 있다면 남자답지 못하건 대머리건 술버릇이 나쁘건 조루건 참을 수밖에 없다, 그것이 어머니의 기본적인 자세였다. 사나에가 입에 담은 그 금액은 어머니의 상상을 훨씬 넘어선 것이었다. 평소에는 어딘지 모르게 비판적인 뉘앙스를 띠던 "어쩜, 어쩜, 어쩜……"이란 탄식에서도 순수한 놀라움의 느낌밖에 없었다. 사나에는 심술궂은 우월감에 사로잡혔다.

그러나 어머니는 금방 새로운 걱정거리를 찾아냈다. 과연 한 인간이 그런 고액의 연봉을 받아도 되는 것일까? 그런 대단한 특혜가 오래 지속될 리 없다. 전화로 이야기를 나눌 때마다 어머니는 그렇게 예언했다.

바라고 바라던 아이가 태어나자 그 손자를 보러 상경한 부모는 사나에의 아파트의 호화로움과 그 평수에 놀라 마치 귀족의 성채에 발을 들이민 농민 부부처럼 긴장하며 어쩔 줄 몰라 했다. 주변을 보고 싶지 않다는 듯 포대에 감싸인 캐빈 곁에 앉아

서 평소의 그 거대한 목소리가 거짓말이었다는 듯이 모기처럼 가느다란 목소리로, 아휴 이뻐, 이뻐, 콧날이 높고 눈도 크고, 대단한 사내가 되겠어, 하고 속삭였다. 부모님이 그때만큼 가련해 보인 적이 없었다. 규슈로 돌아갈 때가 되어 아파트 현관에서는 순간에 이르러서야 원래의 어머니로 되돌아 갔다. 닷새 머물 동안 그 아파트에 야간에도 검은 양복 차림에 넥타이를 맨 경비원인지 관리인인지 모를 사람이 있다는 것을 알고 어머니는 아버지에게 눈짓을 했다.

"당신도 퇴직하면 사나에한테 부탁해서 이런 데서 일하면 좋을 텐데."

그렇게 말하고는 즐겁다는 듯이, 큿큿큿, 웃었다.

어머니는 한 달 정도 머물면서 아기라도 돌봐줄까 하고 말했다. 사나에는 거절했다. 필리핀에서 온 젊은 가정부가 있다는 사실은 말하지 않았다.

헤어질 때 어머니는 사나에의 얼굴을 보더니, 갑자기 울적한 표정을 지었다. 사나에는 몸을 사렸다. 그러자 아니나 다를까 음침한 말이 튀어나왔다.

"이게 언제까지 계속될 수 있을까?"

제 자식의 행복을 바라지 않는 부모는 없을 테니, 자신의 예언이 이루어지기를 어머니가 바랐다고는 보이지 않는다. 그러나 캐빈이 한 살을 지나면서 프레드릭과의 관계가 묘하게 변하기 시작했다. 프레드릭은 자수 외박을 하기 시작했다. 직장을 바꿀

계획 때문에 만나야 할 사람이 많다고 했다. 일본에서는 벤처 기업을 하기 어려워 아이디어를 가진 친구들과 베이에어리어에서 회사를 세울 생각이라고 말했다. 그게 거짓말이 아니었을지도 모르지만 달리 여자가 있는 것만은 분명했다.

당시 캐빈은 거의 울지 않았다. 그것이 사나에를 몹시 불안하게 했다. 그러는 사이에 어디에 숨어 있었는지 저 갈가리 찢긴 지렁이가 모습을 드러냈다. 그러나 그 지렁이는 진짜 지렁이와 달라서 어린 아기의 내면에 있던 감정이나 지성의 토양을 풍성하게 해 주지 않았다. 정반대였다. 그래서 지렁이가 나오는 것을 보면 한이 맺혔다. 그냥 정신없이 더 심하게 갈가리 찢어 버리고 싶었다.

그러는 사이 어린 자식의 아름다운 얼굴만 남겨 두고 프레드릭은 엄마와 아들 앞에서 사라졌다.

나름 저축한 돈이 있었지만 문제를 끌어안은 아들과 둘이서만 지내는 것은 참으로 힘들었다. 구청에서 가정지원부 담당자가 몇 번이나 전화를 걸어 왔다. 세 살 아동 건강검진 안내는 받았다. 그때마다 이제는 이름도 잊었지만 늘 같은 중년여자가 검진 날짜와 시간을 정중하게 가르쳐 주었다. 착 가라앉은 침착한 목소리이긴 하지만 느릿느릿 뜸을 들이며 말하는 그 투가 사람을 바보 취급하는 것 같아 부아가 치밀었다. 형편이 닿는 대로 날을 가려 검진을 받아 주세요, 그러면 사나에는 그렇게 하겠노라고 했다. 별로 아픈 데도 없고, 정기적으로 치과에 가서 이 검사도 받고 있다고 했다. 그것도 몇 번째 전화까지는 거짓말이 아니었다. 담당자는 그래도 포기하지 않고 전화를 걸어왔다. 알아요, 알고 있어요, 네 살 생일 전날까지만 가면 되잖아요, 하고 사나에는 저도 모르게 거만한 말투로 대응했다. 짜증이 났다. 그래도 담당자는 기분 나쁜 기색도 보이지 않고 전화를 끊기 전에는 반드시 상냥한 목소리로 덧붙였다.

"어려운 일이라도 있으면 언제든 연락주세요."

한참 지나서야 그 담당자가 아동학대를 의심했다는 것을 알아차렸다. 전화를 받을 때 등 뒤에서 갈가리 찢긴 지렁이가 숨이 넘어갈 듯 울부짖었을 때가 있었을 테니까.

결국, 사나에가 전화를 건 상대는 어머니였다. 프레드릭과의 관계가 막다른 골목에 이르러 헤어지게 되었다고 전했다.

캐빈과 함께 바로 돌아오라는 말을 하기 전에, "그 봐." 하고 예상한 그대로 한 마디 틀리지 않게 어머니는 말했다.

"어쩐지 잘 풀린다고 했지."

그러나 그날, 프레드릭은 친구 자크가 일본의 시골에서 데리고 온 여성 일행들에게 아주 친절했다. 자크와 둘이서 거리를 안내해 주었다. 토요일 오후, 날씨도 좋았다. 거리에는 온통 사람들로 가득했다.

지하철도 혼잡했다. 규슈 바닷가 마을에서 온 여성들은 모두 조그만 몸집이었다. 부표처럼 둥그렇고 매끌매끌한 프레드릭의 뒷머리를 표지 삼아 인파에 휩쓸리지 않고 앞으로 나아갔다.

혹시 모르니까 손을 잡고 가자고 제안한 사람은 밋짱 언니였다.

"인간 사슬이란 거야."

"아, 그것 참 좋은 생각이야, 밋짱."

최고령 사와키 히이 언니가 손을 뻗어 곁에 있는 사나에의 손을 잡았다. 사나에도 손을 뻗어 이와모토 스미 언니의 손목을 꼭 잡았다.

"놓치면 안 돼!"

밋짱 언니가 말했다.

"그럼, 절대로 놓치면 안 돼지."

다들 결의에 찬 목소리로 그렇게 대답했다.

꽤 큰 목소리였지만 지하철 통로를 잰걸음으로 오가는 이 국제도시의 주민들은 온갖 외국어의 울림에 익숙해서인지 그런 흥분한 듯한 소리에도 신경 하나 쓰지 않았다.

지하철 차량이 홈으로 들어왔다. 두 정거장 가서 갈아타야 한다고 자크가 말했다. 차량 안에도 사람이 가득했다. 금방 땀에 젖었다. 다른 승객의 등에 얼굴이 닿은 채 사나에가 옆으로 눈길을 돌리자 바로 곁에 밋짱 언니의 얼굴이 보였다. 밋짱 언니는 정말 힘들다는 눈짓을 했다.

"이게 무슨 냄새야? 어휴, 구려."

어디선가 에코 언니의 목소리가 들렸다.

"정말, 외국인은 샤워만 하고 욕조에는 안 들어간다고 하대,

너무 구려, 속이 울렁거려, 토할 것 같아." 하고 후치 언니가 투덜댔다.

두 번째 역에 도착했다. 문이 열리자마자 사람들이 바깥으로 쏟아지고 거친 파도를 타고 해안에 떠밀려온 쓰레기처럼 사나에도 바깥으로 끌려 나갔다. 그러나 꼭 잡은 손만은 놓지 않았다. 아니, 밋짱 언니의 손이 마치 생명줄이라도 되는 양 사나에의 손을 틀어쥐고 놓지 않았다. 그렇게 손을 잡은 채 일행의 진짜 생명줄인 자크에게 고정된 시선을 끌어당기며 벽가에 선 자크와 그의 친구 프레드릭이 있는 곳까지 나아갔다.

키 큰 두 남자를 손에 손을 맞잡고 둘러싼 자그만 동양여성들의 모습이 어두운 지하 신전에서 이교적인 신상을 올려다보고 놀란 새 울음소리 같은 주문을 외며 정체 모를 제의를 올리려는 무녀 집단을 묘사한 그림처럼 보였을지도 모른다. 실제로 사나에 일행이 그런 그림을 속으로 그리고 있었다고 한다면, 바로 그 자리에서 어떤 위화감을 느꼈을 것이 분명하다. 뭔가 허전하다.

앗!

밋짱 언니와 사나에와 스토 사유리가 동시에 외쳤다. 이와모토 스미 언니가 사람들 틈에서 나른한 눈길로 사나에를 바라보았다.

밋짱 언니가 외쳤다.

"후치, 에코 언니 어디 갔어?"

스미 언니의 얼굴에서 피가 빠져나갔다. 스미 언니는 주변을 둘러보았다.

"정말. 없어. 두 사람이 없어."

"난 그 두 사람하고는 손을 잡지 않았으니까……." 하고 스토 사유리가 변명하듯이 말했다.

"그렇게 손을 놓지 말라고 했는데……." 하고 히이 언니가 비통한 목소리로 짜내듯 말했다.

"자크, 자크, 큰일났어! 후치하고 에코 짱이 안 보여."

"없어?" 하고 자크가 되물었다.

"후치하고 에코 언니가 없어?"

"일단 잠시 기다려 봐." 하고 스토 사유리가 말했다.

"기다려본들, 지하철은 벌써 가 버렸는데." 하고 완전히 얼이 빠진 표정으로 히이 언니가 말했다.

"이런 데서 길을 잃어버리다니. 외국이야, 외국! 말도 안 통해! 다시는 볼 수 없는 거 아냐?"

"그런 재수 없는 말은 하지도 마!"

밋짱 언니가 강한 말투로 쏘았다.

"괜찮아. 찾을 수 있을 거야."

자크는 프레드릭과 무슨 이야기를 나누었다. 구름 위에서 대화를 나누는 신들을 바라보는 눈길로 히이 언니는 두 사람을 올려다 보았다. 자크가 말했다. 놀랍게도 그렇게 능숙한 그 바닷가 마을의 사투리가 아니었다.

"내가 찾을게요. 프레드릭이랑 같이 기다려 주세요."

그 말에 고개를 끄덕이더니 프레드릭은 지하철 출구 쪽으로 걸어가기 시작했다.

"괜찮을까? 우리가 찾아보지 않아도……." 하고 스토 사유리가 불안한 표정으로 말했다.

"괜히 움직였다가 우리까지 흩어지면 큰일이야." 하고 밋짱 언니가 말했다.

"이 문제는 자크한테 맡기도록 해."

"맞아, 맞아." 하고 히이 언니가 동의했다.

"맞아, 밋짱 언니 말대로야." 하고 사나에는 고개를 끄덕였다.

찾는 일은 자크에게 맡기고 밋짱 언니, 이와모토 스미 언니, 사와키 히이 언니, 스토 사유리, 그리고 사나에 다섯은 프레드릭을 따라 지상으로 나왔다.

어두운 지하통로를 뒤로 하고 보니 길거리를 가득 채운 빛이 더욱 강렬하게 느껴졌다. 후치와 에코 언니를 생각하니 마음이 좀처럼 가라앉지 않았다. 그런데도 햇빛 속에 드러난 석조건물도 그 위에 펼쳐지는 푸른 하늘도 정말 아름다웠다. 화려한 색상의 패션에다 선글라스를 끼고 긴 손발을 당당하게 드러내고 걸어가는 이국의 남녀는 어떤 걱정거리도 없이 초여름의 오후를 만끽하고 있는 듯이 보였다.

잠시 나아가자 작은 광장이 나왔다. 그 구석에 교회가 있었다. 광장 주위에는 세기기 시대와 개성을 느끼게 하는 건물이 늘어서 있었는데, 그것이 교회의 광장이라는 것을 알 수 있었다. 파라솔을 펼친 테이블과 의자가 몇 개 놓인 카페 테라스가 보였다.

"카페에서 기다릴까?" 하고 프레드릭이 물었다.

"괜찮아, 괜찮아." 하고 히이 언니가 고개를 젓고 손사래를 쳤다. 지갑에 자물쇠를 단단히 채우고 커피를 싫어해서 호텔에서도 물을 끓여 일본에서 가지고 온 녹차나 엽차를 마시는 아줌마들이었다. 그렇지만 그것 때문만은 아니었다. 편안하게 앉은 채 길 잃은 동료가 돌아오기를 기다릴 기분이 아니었던 것이다.

"어디서 헤매고 있을지……."

히이 언니가 온 길을 돌아보며 침울한 목소리로 말했다.

"손을 놓으면 안 된다고 그렇게나 얘기했는데도……." 하고 스토 사유리가 중얼거렸다.

"그렇게 얘기를 했는데도……." 하고 스미 언니가 되풀이했다.

교회 앞에서는 관광객들이 기념촬영을 하고 있었다. 그곳을 지나 작은 길로 들어섰을 때 사나에는 알아차렸다.

"어? 밋짱 언니가 없잖아."

"엉!"

"이번에는 밋짱 언니! 거짓말이지!"

히이 언니가 비명에 가깝게 외쳤다.

"하나가 없어지니 또 하나가……. 이러다가 속이 타서 죽어버릴지도 몰라!"

그런 여자들을 이상하다는 표정으로 바라보는 프레드릭을 패념치 않고 일행은 눈을 부릅뜨고 주변을 살폈다.

"저기!"

사나에가 처음 발견했다. 교회 정면 돌계단에 다른 사람들과 섞여 빨간 배낭을 멘 조그만 여자가 서 있었다.

"밋짱 언니!"

밋짱 언니는 고개를 돌리더니 사나에 일행을 향해 손을 흔들었다. 일행은 후다닥 달려갔다. 프레드릭도 황망히 그 뒤를 따랐다.

"어떻게 된 거야, 밋짱 언니?"

스토 사유리가 물었다.

밋짱 언니는 교회 문을 가리켰다. 손가락 끝에는 일회용 반창고가 붙어 있었다. 바싹 말라 갈라터진 그야말로 일하는 사람의 손이었다.

"여기서 기다리지 뭐. 아까부터 살펴보았는데 안에 들어가도 돈이 안 드는 것 같아."

"그거 참 좋은 생각이네." 하고 히이 언니가 맞장구를 쳤다.

사나에는 프레드릭을 올려다 보았다. 눈길이 마주치자 프레드릭은 고개를 끄덕였다. 속눈썹이 짙고 길었다. 울적하고 상냥한 눈매. 상처받는다는 것이 어떤 것인지를 아는 사람의 눈. 그때는 그렇게 생각했다.

그게 무슨 교회였을까. 사나에의 기억이 뿌옇게 흐려진다.

선창 바깥으로 보이는 육지가 가까워지고 집들이 점점 커져 보인다. 다음 배편을 기다리는 사람들, 방파제에 대 놓은 경트럭과 승용차들 가운데는 눈에 익은 회색 경차도 있었다. 그 곁에 서서 손바닥으로 눈 위를 가리고 다가오는 배를 살피는 사람은 사나에의 아버지와 어머니였다. 기억이 흐릿해? 아니, 흐릿하지 않아. 지금 눈에 보이는 풍경과 마찬가지로 사나에는 그때 교회에서 본 풍경을 뚜렷이 떠올릴 수 있다. 그러나 교회 이름은 생각나지 않는다. 후치와 에코 언니를 잃어버렸던 그 지하철역 이름도 생각나지 않는다.

밋짱 언니라면 알지도 모른다고 사나에는 생각했다.

호텔 방에서 밋짱 언니가 작은 수첩에 뭔가를 적어 넣었다. 물어 보니, '일기'라고 했다.

"그렇지만 이건 여행용 일기니까 일본에 돌아가면 다시 옮겨 적을 거야. 이 아줌마는 말이야, 이래봬도 아들이 태어난 뒤로 그러니까 35년 동안 일기를 썼단다. 무엇을 했고, 누구를 만났고, 어디 갔었는지 모두 적어 두었어."

사실만을 열거한 일기를 읽듯이 담담한 말투였다. 그러나 그렇게 말한 다음 밋짱 언니는 자신의 말을 정정했다.

"그렇지만 이번 여행에는 여러 가지 일도 많고 해서 아주 자세히 적었으니까 돌아가서 옮겨 적을 필요는 없을 거야. 이 수첩을 찢어서 일기장에 끼워 두면 돼."

그렇게 매일 적는 일기에 캐나다 여행 전의 어느 날, 오늘 아들이 여행 때 쓰라면서 빨간 배낭을 사 주었다고 밋짱 언니는 적었을까. 그리고 아주 오래 전 30년도 전에 오늘 아들이 처음으로 웃었다고 적어 두었을까. 오늘 아들이 처음으로 몸을 뒤집었다, 오늘 처음으로 바닥에 앉았다, 오늘 처음으로 손을 흔들었다, 오늘 처음으로 혼자서 섰다, 오늘 처음으로 손을 잡고 걸었다, 오늘 처음으로 걸었다, 오늘 처음으로 "엄마." 하고 말했다, 라고 적어 두었을까. 오늘 아들이 울어서, 울어서, 울어서, 너무 많이 울어서, 갈가리 찢긴 지렁이처럼 발버둥을 치며 울었다, 라고 적은 날이 있었을까.

그리고 같이 캐나다 여행을 하고 9년이란 세월이 흐른 지금, 오늘 아들은 몸이 안 좋은지 괴로워 보였다, 오늘 갑자기 딸꾹질을 하더니 멈추지 않았다, 오늘 아들이 넘어졌다, 오늘 MRI 검진에서 뇌종양이 발견되었다, 오늘 대학병원에 입원해서 바로 수술을 받았다…… 라고 거듭되는 '오늘'을 있는 힘을 다해 버티려고 볼펜 끝에 힘을 넣어 꾹꾹 눌러 썼을까.

사나에는 여태 대학의 교회건물과 결혼식이 열린 교회 말고는 그 안에 발을 들여 본 적이 없었다. 바깥은 땀이 줄줄 흐를 만큼 뜨거운데도 그 안에 들어서니 공기가 참 시원했다. 신발을 신고 있었는데도 햇살이 닿은 적이 없는 돌 속에 수백 년이나 쌓인 냉기가 발바닥으로 스며드는 것을 느낄 수 있었다. 비둘기가 날아다닐 만큼 높은 천장에 놀랐다. 교회 내부는 어두컴컴했지만 측면 스테인드글라스 너머로 쏟아지는 햇살은 엷고

탁한 색채를 띤 유체처럼 허공을 맴돌았다. 그것이 수많은 사람의 발길에 울퉁불퉁 팬 돌바닥을 가득 채운 채 넘쳐 나며 흔들렸다.

교회 공간은 깊었다. 오래된 나무 벤치와 의자가 쭉 늘어서 있었다. 저 안쪽에는 흔들림 없는 위엄을 느끼게 하는 제단이 있고, 십자가상이 걸려 있었다. 사나에 일행을 따라 교회 안으로 들어온 프레드릭은 혼자 떨어져 측면 회랑에 놓인 커다란 성상을 바라보고 있었다. 때로 걱정스런 눈길로 사나에 일행 쪽을 바라보았다. 교회 안을 감탄스런 눈길로 바라보던 밋짱 언니가 곁에 선 사나에 쪽으로 고개를 돌렸다. 주위 분위기를 느꼈는지 속삭이듯 낮은 목소리로 말했다.

"저기 봐, 사나에 짱."

밋짱 언니는 조심스럽게 턱짓으로 가리켰다.

벤치에 앉은 사람들 속에 무릎을 꿇고 고개를 숙인 사람이 보였다.

"아주 잘되어 있잖아."

밋짱 언니가 속삭였다. 무릎이 닿은 그 자리를 두고 하는 말이었다. 벤치 아래에는 천으로 짠 쿠션 같이 것이 깔려 있어 거기에 무릎을 굽혀 올려놓을 수 있게 되어 있었다.

"왜 그래?"

히이 언니가 낮은 목소리로 물었다.

"저기 봐."

밋짱 언니가 히이 언니에게 속삭였다.

"저 사람들 뭘 하는 거야?"

히이 언니가 또 물었다.

"기도하는 거야."

사나에가 대답하기 전에 밋짱 언니가 먼저 대답했다. 그 속삭이는 목소리가 천장 높은 교회에 깃든 수많은 산 자와 죽은 자의 한숨과 낮은 속삭임을 머금은 정적 속에 울려 퍼졌다. 마치 사나에가 자신의 마음속에서 발신한 듯이 또렷이 들렸다.

사람들은 무릎을 꿇고 가슴 앞에 두 손을 모으고, 또는 벤치 앞의 등받이에 꼭 쥔 두 손을 올려 두고 이마를 얹은 채 성심으로 기도하고 있었다.

밋짱 언니가 말했다.

"우리도 기도할까?"

"기도? 왜?"

히이 언니가 물었다.

"좋은 생각이야, 밋짱 언니." 하고 스토 사유리가 찬성했다.

"기도, 왜?" 하고 히이 언니는 다시 묻더니 "아!" 하고 작게 외쳤다.

"후치하고 에코 언니를 찾아 주소서."

그렇게 말하며 사나에는 밋짱 언니를 따라 벤치 앞에 앉았다. 스토 사유리와 사와키 히이 언니와 이와모토 스미 언니도 그 옆에 앉았다.

"어떻게 하면 돼, 밋짱?"

히이 언니가 걱정스런 어투로 물었다.

"저기 기도하는 사람들을 따라 하면 되는 거야."

밋짱 언니는 무릎을 꿇고 두 손을 가슴 앞에 모은 채 깊이 머리를 조아렸다. 사나에 일행도 따라 했다. 다섯 여자는 가슴 앞에 두 손을 모으고 기도를 올렸다.

"후치, 에코 언니가 무사히 돌아오게 하소서, 두 사람을 빨리 찾을 수 있게 해 주세요."

블루마린 호가 포구에 도착했다. 다른 승객들의 뒤를 따라 사나에와 캐빈은 객실을 나섰다. 에어컨이 켜진 선실을 나서자 열기와 습기가 몸에 달라붙었다. 배에서 내릴 때 사나에는 캐빈의 손을 잡고 있었다고 생각했다. 마중 나온 부모를 보고 긴장이 풀어졌는지 모른다. 손을 놓았다는 것도 몰랐다.

사나에 앞에서 캐빈은 잔교 위를 혼자 걸어가고 있었다. 그런데 곧바로 걸어가지 않았다. 잔교에는 철제 손잡이가 있었지만 지주와 지주 사이에는 어린아이의 몸이라면 그냥 빠져나갈 만한 틈이 있었다. 캐빈은 비스듬히 걸어 그냥 바다 쪽으로 향하고 있었다. 천사 같은 캐빈이라면 중력 따위 아무 관계도 없이 그냥 그대로 물 위를 걸어 태양이 내려 주는 햇살 사이를 뚫고 하늘로 올라갈 수 있을 것 같았다. 그러나 캐빈은 갈가리 찢긴 지렁이가 나타나지 않을 때도 결코 천사가 아니었다. 사나에와 프레드릭의 아이였다.

사나에가 달려가는 그 순간 잔교 건너편에서 아버지와 어머니가 달려오는 것이 보였다.

"위험해!"

등 뒤에서 선장이 외치는 소리가 들렸다. 캐빈이 허공으로 한 걸음 내딛는 그 순간 사나에는 캐빈의 왼팔을 잡았다.

앗!

그 외침은 터져 나오자마자 한 마리 작은 새가 되어 하늘 높이 솟아올랐다. 어디로 가 버렸을까, 보이지 않았다. 캐빈의 목소리였을까. 아니면 사나에의 목소리였을까.

어머니의 세찬 손길에 낚아 채이면서 캐빈은 들고 있던 유리병을 놓쳐 버렸다. 사나에가 손을 뻗었지만 이미 늦었다.

퐁당, 소리가 들리고 문섬의 백사장에서 주운 조개껍질과 모래가 든 유리병은 바다로 떨어지고 말았다.

사나에는 캐빈을 세차게 끌어안은 채 잔교 아래를 들여다보았다. 수심은 그리 깊지 않았다. 녹색이 깃든 맑은 물 저 아래에서 끊임없이 솟아오르는 연기처럼 해초가 흔들렸다. 해저에 흩어진 바위와 돌들 사이에서 시멘트 조각이니 찌그러진 깡통 같은 것이 보였다. 장난감 고대도시의 폐허 모형 같았다. 도시의 멸망을 예견하게 하는 불길한 유성들처럼 파르스름한 작은 물고기 떼가 어두운 곳에서 갑자기 나타났다가 사라졌다. 작은 기품과 반짝반짝 빛나는 조개껍질을 흩날리며 가라앉는 병이 바로 손을 뻗으면 닿을 듯한 바닷속일 뿐인데, 마치 우주공간 속을 멀어져 가는 인공위성처럼 보였다. 밋짱 언니의 아들이 건강해지기를 바라며 애써 주운 조개껍질 몇 개가 모두 사라지고 말았다.

나무라는 어머니의 목소리가 들렸다.

"손을 꼭 잡으라니까! 손을 놓으면 안 돼!"

그 목소리에 몬트리올에서의 기억이, 기적적으로 찾은 후치와 에코 언니에게 그 일행들이 던졌던 목소리, 물론 분노보다는 기쁨이, 그 무엇보다 미안함이 진하게 묻어나던 그 목소리와 겹쳤다.

"손을 놓으면 안 되는데!"

"왜 손을 놓고 그랬어!"

새들은 이국 땅에서도 고향에서와 같은 노랫소리를 내는 것일까. 잃어버린 동료를 찾았다는 안도감에 사로잡힌 채 아줌마들은 주위의 눈은 아랑곳하지 않고 사나에가 지금 아들과 같이 서 있는 이곳 바닷가 사투리로 환희의 노래를 불렀다.

그때 몬트리올 교회에서 사나에와 다른 세 사람이 기도를 끝내고 일어선 다음에도 밋짱 언니는 오랫동안 무릎을 꿇고 있었다. 그 진지한 모습에 감히 말을 걸 수 없었다.

"어떻게 된 거야?"

사와키 히이 언니가 불안한 표정으로 사나에에게 물었다.

이와모토 스미 언니와 스토 사유리의 얼굴에도 곤혹스러움이 떠올랐다. 얼마나 시간이 지났을까. 바깥세상과는 다른 시간이 흐른다는 교회라고 하더라도 참 길었다. 사나에가 마음을 다잡고 말을 걸려 할 그 순간, 밋짱 언니는 스윽 자리에서 일어섰다. 그리고 아무 일 없었다는 듯 사나에에게 말했다.

"무사히 돌아오면 좋을 텐데……."

"밋짱 언니." 하고 사나에가 불렀다.

"왜, 사나에 짱?"

"두 사람을 위한 기도치고는 너무 길었어."

밋짱 언니는 의외라는 듯이 되물었다.

"그렇게 오래 기도했어?"

"응."

"기다리다 지쳐 버렸어." 하고 이와모토 스미 언니가 말했다.

"그럼, 그럼." 하고 사와키 히이 언니가 맞장구를 쳤고, 스토 사유리는 고개를 끄덕였다.

호기심을 억누르지 못하고 사나에가 물었다.

"뭐라고 기도했어?"

밋짱 언니는 사나에를 빤히 쳐다보았다. 잠시 생각하더니 뭐라고 말하려 했다. 그러나 말 대신에 입가에는 겸연쩍은 듯한, 그렇지만 어딘지 모르게 기쁜 것 같기도 하고 슬픈 것 같기도 한 미소만이 떠올랐다.

그때 일을 떠올리며 사나에는 뒤에서 팔로 끌어안은 캐빈의 두 손에 자신의 두 손을 겹쳤다. 잔교 건너편에서 다가오는 아버지가 사나에와 캐빈을 부른다.

사나에의 가슴에는 아무런 슬픔도 없었다. 그것은 사나에의 등 뒤에 서 있었다. 돌아본들 햇살 아래서는 보이지 않는다는 것을 안다. 슬픔이 꿈틀대는 것을 느꼈다. 그것이 몸을 웅크리더니 사나에의 손 위에 그 손을 올리고 위로하듯이 쓰다듬었다. 불안은 지워지지 않았다. 아들의 손은 서늘하게 식어 있었다. 그래서 사나에는 손에 힘을 넣었다. 눈을 감고 머리를 숙였다. 슬픔은 사나에의 귓가에 입을 대고 홀리듯이 무언가를 속삭이고 있었다. 듣고 싶지 않았다. 들어서는 안 된다. 아들의 머리에, 부드러운 머리카락에 살포시 얼굴을 얹었다. 열기를 느꼈다. 살짝 갯내음이 났다. 아들의 냄새가 코 안 가득 퍼져 나갔다.

바다거북의 밤

ウ
ミ
ガ
メ
の
夜

밤바다가 어김없이 저기에 있다는 것을 느끼고, 그 불온함, 그 다정함, 뭔지 모를 그 무엇에 먹먹해진 가슴으로 젖은 채 세 사람은 침묵을 지키고 있는 듯했다. 한참 전부터 해안도로에는 달리는 차도 없어졌고, 쓰레기 처리장인지 화장터인지 모를 굴 뚝 같은 것이 보이는 곳 저편으로 해가 떨어지고 잠시 후에는 멀리서부터 들려오던 축제를 앞둔 북소리도 사라져 버렸다. 썰 물 때라 바닷물은 세 사람이 앉은 곳에서 꽤 멀리까지 물러났 지만 달빛의 파편들이 흩뿌리는 파도 소리는 바로 저기에서, 그 것도 가슴 안쪽에서 고막을 울리는 것 같았다. 규칙적으로 리 듬을 밟는 그 파도 소리가 의식이라는 것을 자아내는 씨줄이 되어, 여기 존재한다는 것조차 잊게 했다. 그 직물 위에 그려진 각기 다른 문양이 세 사람 모두로 하여금 자신의 침묵마저 잊 게 한 것인지도 모른다. 그런 문양을 그려낸 당사자는 세 사람 곁의 백사장에 벌렁 뒤집어진 바다거북의 지느러미 같은 사지 였을 것이다. 그렇다, 바다거북은 벌렁 뒤집어져 있었다. 그 딱딱한 배는 마치 달에서 떨어지는 빛에 물든 듯 하얬다. 사지를 버둥거릴 때마다 등껍질이 모래 속으로 파고든다. 그러나 그 무게 아래서 무너지는 모래 쓸리는 소리는 부드러운 파도 소리에 지워져 들리지 않는다. 설령 이 쇠약해진 바다거북의 눈에서 눈물이 흐르고, 눈물 흐르는 소리가 난다 해도 파도 소리에 지워지고 말았으리라.

일그러진 둥그런 달은 하늘에 떠 있는 게 아니라 밤하늘이라는 검은 모래 위로 비어져 나온 알 같았다. 그런 느낌 때문인지 몹시 불안해 보였다. 엄마 거북이 눈물을 흘렸다면, 아마도 조금 누르스름하면서 표면에 어두운 문양이 든 이 커다란 알 때문이다. 모래 구덩이에 알을 하나하나 떨어뜨리면서 어미는 그 고독한 알에 대해 생각한다. 그것은 시간과 함께 졸아들기도 하고 부풀어 오르기도 할 것이다. 그 안에서 새끼가 나오려고 몸부림치는 것 같다. 그렇지만 그 새끼의 얼굴을 어미는 볼 수 없을 것이다. 그걸 알기에 어미는 운다.

셋 가운데 하나 이마노 잇페이다는 어릴 적 바다거북의 산란을 보려고 할아버지 손을 잡고 찾아온 것이 이 해변인지 아닌지 확신할 수 없었다. 풍경이 바뀌었다고 확언할 정도로 뚜렷한 기억도 없었다. 그날 오후, 자신의 기억을 믿을 수 없다는 것을 통감한 참이었다. 눈에 익은 것 같아 도중에 들린 그 집은 할아버지의 집이 아니었다. 아무리 불러도 대답이 없어 할아버지 할머니가 벌써 세상을 떠났나 하고 불안해하는 차에 녹색 야구모자를 쓰고 호주머니가 잔뜩 달린 조끼를 걸친 노인이 나타나, 그곳은 할아버지의 집이 아니라 다이코라는 사람의 집이라고 했다.

다이코? 그때는 참 묘한 이름이라고 생각했을 뿐 그냥 흘려들었지만, 그러나 줄곧 그 이름이 뇌리를 떠나지 않았다. 그런데 왜 할아버지 할머니 소식보다 얼굴도 모르는 다이코라는 사람이 마음에 걸리는 것일까. 노인의 말로는 다이코라는 사람은 오이타 시의 병원에 입원했다고 한다. 잇페이다의 어머니도 아직 입원하고 있다. 그리고 노인의 이야기를 통해 잇페이다는 어머니와 다이코라는 사람이 같은 병을 앓고 있다는 것을 알았다. 그래서 잇페이다는 다이코라는 사람을 생각함으로써 어머니에 대해서는 생각하지 않으려고 했을 것이다. 마치 인간의 머리는 어떤 순간에 오로지 한 가지만 생각할 수 있다는 듯이. 물체는 같은 순간에 두 장소에 동시에 존재할 수 없다. 대학 시절 서너 번 들은 철학 강의 때 가느다란 몸매에 화려한 양복을 입은 교수가 하는 말을 듣고, 듣고 보니 당연한 일이지만 왠지 잇페이다는 깊은 감동을 받았다. 그렇지만 인간의 머릿속에서 흘러가고 소용돌이치는 것, 사고는 아마도 다를 것이다. 다이코라는 들도 보도 못한 환자에 대해 생각하는 것, 그것은 동시에 어머니를 생각하는 일이기도 했다. 그 교수는 '나는 생각한다, 그러므로 나는 존재한다'라는 철학자의 말을 소개했었다. 그렇지만 지금 다이코라는 사람을 생각하면서 동시에 어머니를 생각하는 자신은 도대체 어디에 있는 것일까?

도로는 정비되어 폭이 넓었다. 도로 한쪽으로 이어지는 방파제 위에는 지붕이 달린 몇 군데 휴게소가 있고 거기에 먹고 마실 수 있도록 테이블과 의자가 놓여 있었다. 꽤 긴 백사장을 따라 조성된 방파제 그 끝에는 그야말로 바다거북의 등짝을 연상케 하는 느린 굴곡의 돔 지붕을 단 거대한 시설이 있었다. 주변 집들은 그것 때문에 너무도 작아 보였다. 마치 어미 거북 주위를 맴도는 작은 새끼거북 같았다. 그것은 숙박시설과 해양박물관을 갖춘 마린 파라다이스라는 건물이었다. 잇페이다가 어릴 적에는 없던 건물이었다.

할아버지가 늘 녹색 야구모자를 썼었다는 사실을 기억하지만 얼굴은 뚜렷이 떠오르지 않았다. 하루라도 빨리 도쿄의 어머니에게 돌아가고 싶어 했던, 오로지 그런 생각을 하며 슬퍼했었다는 것만은 뚜렷이 기억한다. 그 외의 기억은 대부분 윤곽이 흐릿하다. 그래서 할아버지가 바다거북의 산란을 보여주려고 백사장으로 데리고 갔던 기억은 선명하지만 구체적인 장면은 떠오르지 않아 그것이 꿈이었을지도 모른다는 느낌조차 드는 것이다. 꿈이건 현실이건 자다가 할아버지의 손에 이끌려 경트럭을 탔었다. 왜 그때 누나가 곁에 없었을까. 누나는 파충류나 양서류를 싫어해서였을까. 곤충도 싫어해서 할아버지가 어디선가 얻어 온 사슴벌레에도 절대로 손을 대려 하지 않았고, 집안에서 작은 거미라도 발견하면 비명을 지르면서 할머니 품에 매달렸다. 그것을 보고 잇페이다는 할아버지와 함께 웃었던가 웃지 않았던가.

바다거북의 산란은 그리 쉽게 볼 수 있는 게 아니다. 그래서 만일 그때 할아버지와 함께 바닷가에서 그 장면을 보았더라면 기억할 터이다. 커다란 유목 위에 할아버지와 나란히 앉았던 기억도 있지만, 그것은 또 다른 기억인지도 모른다. 기억나는 거라고는 옆에 누가 있어도 보이지 않는 새카만 어둠 뿐이었다. 그 기억은 분명하다. 어둠은 어둠이다. 칠흑의 어둠이 흐릿해지는 법은 없을 것이므로. 하지만 그렇게 되면 그때 갔던 바닷가가 지금 친구 둘과 같이 있는 이 백사장이라는 것을 확인할 도리가 없다.

잇페이다는 일어섰다.

아냐, 아니야. 그건 할아버지가 아니었어. 아마도 아버지야.

잇페이다는 바다에서 눈길을 돌려 옆을 바라보았다. 바다거북은 뒤집어진 채였다. 가끔 사지를 버둥거렸다. 그 바로 곁에 바다거북처럼 벌렁 뒤집어져 술에 취한 채 시모가와 도오루가 잠들어 있었다. 분명히 여기에서 바다를 바라보며 셋은 맥주니 소주니 많이도 마셨다. 운전을 하지 않는 도오루는 차 안에서도 계속 마셔댔다.

그 곁에는 또 하나의 친구 사토 유마가 두 손을 뒤로 짚고 퍼질러 앉은 채 어두운 바다를 바라보고 있었다. 유마도 나름 사색에 잠겨 있어 말을 걸기가 어려운 분위기였다.

세 사람은 같은 대학에서 이제 막 3학년이 되었다. 이마노 잇페이다는 경제학부 경영학과이고, 시모가와 도오루는 사회학부 사회학과인데, 같은 축구 동아리인지라 사이가 좋았다. 사토 유마는 잇페이다와 같은 과이고 선택외국어로 프랑스어를 같이 들었다. 이름순으로 반 편성을 하기에 이마노 잇페이다 다음으로 출석부에 나오는 이름이 사토 유마라서(정확히 말하자면 두 사람 사이에는 사이토 게스케라는 학생이 있었지만 한 번도 수업에 나오지 않았다) 자연스럽게 말을 걸게 되었고, 전문 과정으로 들어가 어학 수업이 없어진 다음에도 친하게 지냈다.

황금연휴가 막 끝난 시기에 강의를 빼먹고 여행이나 할까 하고 말을 꺼내자 두 사람이 바로 응한 것으로 보아 그들의 학교생활이 어떠했는가는 충분히 짐작이 간다. 그렇다. 셋 모두 2학년을 끝낸 시점에서 이미 4년 만에 졸업하기엔 불가능한 학점이었다. 이마노 잇페이다와 사토 유마는 함께 1학년 필수과목인 프랑스어에 낙제하고, 2학년 때도 같은 반이었지만 강의에 잘 나가지 않았고, 그처럼 강의를 잘 듣지 않는 친구들의 모임에 합세해 학교에 와서도 그냥 카페에 앉아 시간을 죽였다. 대화를 나눌 때는 나름 진지했고 또 나름 진지하게 대응도 하고 또 진지하게 웃기도 했지만 무슨 이야기를 나누었는지 조금만 지나면 아무 생각도 나지 않았고, 대화를 통한 충족감도 없었다. 학교의 가장 구석진 곳, 아주 먼 장소로 쫓겨나 찾아가기도 힘든 흡연 장소에서 피어오르는 담배연기처럼 의식이나 말들은 허공을 떠돌다 사라져 버리고 말았다. 그래서 누가 말을 꺼냈는지는 모르지만, 여행 목적지를 제안한 사람은 잇페이다가 분명하다.

　세 사람이 찾은 이 땅은 이마노 잇페이다의 아버지의 고향이었다. 아주 어릴 적에 추석이나 설 어느 땐가 부모의 손을 잡고 찾아온 적이 있는 듯하지만, 도무지 기억이 없다. 오로지 할아버지의 손을 잡고 바다거북의 산란을 보러 갔던 초등학교 3학년 여름방학만은 기억한다. 세 살 위 누나와 함께 아마도 여름방학을 고스란히 아버지의 고향, 할아버지 집에서 지냈다. 그 시기 부모의 관계는 이미 회복불능 상태에 빠져 도쿄의 집으로 돌아가 보니 아버지는 사라지고 없었다. 잇페이다가 얼마만큼 자라 자신을 의식할 수 있을 즈음에 이미 부모는 별거 상태였고, 때로 집으로 찾아와서 어머니와 목소리를 낮추어 이야기를 나누는 남자가 아버지라는 사실을 조금도 눈치채지 못했다(오히려 동거하는 어머니의 아버지, 다시 말해 할아버지를 어머니가 아빠, 아빠 하고 부르는 통에 잇페이다는 초등학교에 들어갈 즈음부터 할아버지를 늘 아빠라고 불렀다). 어머니를 만나는 아주 잠깐 동안에도 감정이 없어 보일 정도로 착 가라앉은 남자의 어투 속에서 지금 생각해 보면 분노랄지 증오랄지 뭔지 모를 폭력적인 기운이 당장이라도 터져 나올 듯한 긴장감이 느껴져 남자가 찾아온 다음 날에는 열이 나거나 배가 아프거나 해서 유치원을 쉬곤 했다.

아버지와의 인연은 완전히 끊어지고 말았다. 딱히 연락을 하고 싶은 생각도 없었다. 그래서 초등학교 3학년 때 찾아온 아버지의 고향이 정확히 어떤 이름으로 불리는지도 몰랐다.

"엄마, 저기, 거기가 어디였어? 무슨 현이었더라?"

문병을 가서 잇페이다는 어머니에게 물었지만 아마도 대답을 바란 것은 아니었을 것이다. 오히려 어머니가 눈을 감고 잠든 것 같아 더 캐물을 수 있었다. 숨소리가 들리지 않았다. 괴로운 한숨도 나오지 않았다. 정말로 잠들었던 것일까. 잇페이다가 침대 옆 파이프의자에서 일어서려고 할 때 어머니의 가냘픈 목소리가 들렸다.

"뭐? 뭐라고 했니?"

눈을 뜨기도 힘들 정도면 그냥 무시하면 될 것을.

"응, 아무것도 아냐. 그냥 자."

잇페이다는 입원환자의 가족들이 쉬는 공간인 식당으로 갔다. 시간이 시간이었던지라 하얀 직사각형 테이블에서 식사를 하거나 가족의 도움으로 식사를 하는 입원환자도 보이지 않았다. 환자 가족 몇 명이 방구석에 놓인 커다란 텔레비전 화면을 망연히 바라보면서 핸드폰을 들여다보기도 하고 방에 놓인 잡지를 뒤적거리기도 했다.

"할머니."

잇페이다의 목소리에 바로 앞 테이블에 앉아 있던 할머니가 돌아보았다.

"엄마는 좀 어때?"

"자."

"그러니."

"할머니, 거기가 무슨 현이야?"

"거기라니?"

"아버지 고향."

어머니와 많이 닮은 할머니의 눈가에 그늘이 졌다. 이제는 거의 가족의 입에 오르지 않는다고는 하지만, 어쩌다 우연히 아버지 이야기라도 나오면 거의 조건반사적으로 어두운 구름이 무의식의 깊은 곳에서 솟구쳐 올라 할머니의 눈가를 짙게 물들이는 것이다.

"거기 말이야, 어릴 때 간 적이 있거든. 거기, 어디였어?"

"왜 그런 걸 물어?"

"아니…… 그냥……."

"그쪽 할아버지 할머니는 정말 좋은 사람이었지만……."

"정말? 나, 그쪽 할아버지에 대해 별로 좋은 기억도 없는데……. 좀 무서운 할아버지였어. 어선 청소나 하게 하고, 무슨 말을 하는지도 알아들을 수 없었거든. 도구를 가지고 오라고 해서 이건가 하고 가지고 가면, 멍텅이, 하면서 화를 내는 거야."

그런 말을 하는 사이에 잇페이다는 기억을 떠올리며 웃었다.

"맞아. '멍텅이'라고 했어. 무슨 말인지 몰라서 눈을 동그랗게 떴더니 또 큰 소리로 뭐라고 하는 거야. 머뭇거리다가 또 다른 도구를 들고 가면 '아냐, 이 멍텅이'라고. 정말 무서워서 도쿄로 빨리 돌아가고 싶었어. 누나는 집에서 할머니랑 떡도 만들면서 즐겁게 노는데, 낚시를 간다면서 새벽부터 나를 깨우지를 않나, 배를 타고 가는데 파도가 철썩철썩, 그냥 멀미를 해서 꽥꽥 토하고. 그런 나를 멀뚱히 바라보기만 할 뿐 아무것도 안 해 줬어, 그 할아버지. 죽는 줄 알았어. 속으로 힘만 있으면 죽여 버리고 싶다고 생각했을 정도였으니까. 아무튼 무슨 말인지 도통 알아들을 수가 있어야지. 이게 어느 나라 말일까? 이게 정말로 일본어 맞는지, 그런 생각을 하면서 여름방학 동안 참고 지내야 했어."

눈꼬리에서 긴장감이 사라지고 할머니는 어이가 없다는 표정으로 미소를 머금었다.

"오이타 현 사이키 시라는 곳이야."

"엉?"

잇페이다는 고개를 들었다.

"사이키 시? 오이타 현? 그럼 시코쿠네. 그렇게 멀었어."

마치 뒤통수를 얻어맞은 듯 멍한 표정으로 사립여고의 국어 선생이었던 할머니는 깊게 한숨을 내쉬었다.

"규슈, 시코쿠가 아니라 규슈. 그런 머리로 잘도 대학에 들어 갔네."

"할머니, 나, AO입시(자기추천입시)였어."

"AO?"

이번에는 할머니가 물었다.

어차피 대답을 못 할 거라며 놀리려고 던지는 거짓 의문과는 달리 순수한 의문이라는 것이 할머니의 표정에 확연히 드러났다. 지금과 똑같은 표정으로 같은 질문을, 당시 아직 암이라는 것도 모르고 그냥 몸이 안 좋아서 일을 쉬던 어머니가 고등학교 3학년이던 잇페이다에게 물었었다. 그로부터 2년이 지나 입시시험 전에 'AO'가 무슨 말의 약자인지 찾아 보았으면서도 같은 질문에 대해 대답하지 못했다.

"엉?" 하고 잇페이다는 복도 쪽으로 고개를 돌렸다. 들린 것이다. 할머니의(그러니까 2년이 넘게 지난 어머니의) 의문에 대답한 것은 텔레비전 화면에 비친 저녁나절 정보프로그램의 사회자의 목소리도 화사한 패션의 여성 패널의 목소리도 아니었다. 그렇다면 누구의 목소리였을까?

"바보(AHO, 아호)라도 OK 아니야?"

확실히, 일리 있는 말이네, 하하하, 하고 잇페이다는 가볍게 웃어버리고 말았지만 곰곰이 생각해 보니 이렇게 무례할 수가. 그러나 식당 출입구 쪽에는 잰걸음으로 복도를 오가는 간호사와 조금 뒤뚱거리며 걷는 파자마 차림의 노인밖에 보이지 않았다. 간호사는 바보를 상대할 만한 여유가 없을 듯하고, 눈 수술을 해서 곤충의 복안을 연상시킬 만큼 번득번득 빛나는 은색 안대를 쓴 노인의 다른 한쪽 눈에는 바보 따위가 들어갈 여지도 없을 듯했다.

배를 밤하늘로 향한 채 벌렁 드러누운 바다거북은 가끔 생각이라도 났다는 듯이 사지를 버둥거렸다. 그러나 그 움직임에는 맥이 빠져있어 산란한 알을 덮기 위해 백사장의 모래를 뒷발로 찰 때의 그런 힘이 느껴지지 않았다. 모래를 차는 게 아니라 물을 헤치는 것 같았다. 바다거북은 그 하얗고 딱딱한 배 위로 끝도 없이 펼쳐지는 어두운 하늘을 유영하며 나아갈 생각이었는지도 모른다. 바다거북이 앞발을 휘젓자 파도 소리에 갇힌 시간이 다시 움직이기 시작했다.

사토 유마가 뭐라고 중얼대는 소리가 들렸다. 그러나 시모가와 도오루는 모래 위에 벌렁 드러누운 채 조용하기만 하다. 바다거북과 같이 희미한 달빛으로 가득 찬 밤하늘을 떠도는 듯한 이상한 감각, 일종의 취기에 푹 절어 있었다.

아침부터 마셨다. 셋 가운데 혼자만 운전면허가 없는 탓에 마음껏 마실 수 있었다. 전날 밤에 잠을 거의 자지 않아서 전차에 올라 맥주를 마시자마자 금방 잠이 밀려왔다. 하카타에서 소닉 호를 탔다가 도중에 오이타 역에서 내려 보통열차로 갈아탔던 것 같은데, 도무지 기억이 없다. 그 보통열차 속에서 무작정 잠들어 버렸다. 사이키 역에 도착한 것은 점심때가 지나서였다. 파란 하늘에는 살짝 구름이 걸렸고, 햇살은 따가웠다. 이마노 잇페이다가 역 렌터카 사무실에서 차를 빌리는 수속을 밟을 동안 유마는 길 건너편 편의점으로 갔다. 역전 도로인데도 차의 왕래는 거의 없었다. 신호를 무시하고 편의점 쪽 도로를 건널 때 갑자기 유마가 도시락을 살 거냐고 물었다.

"뭐라고?"

도오루가 되물었다.

이렇게 먼 시골에 왔는데 역이나 지역 가게에서 도시락을 사는 게 좋지 않겠느냐고 유마가 말했다.

"흠, 과연 지방 출신다워."

별다른 뜻은 없었다. 그냥 사실을 말했을 따름이다. 사토 유마는 이와테 현의 바닷가 출신이다. 그러나 자신은 느끼지 못했지만 도오루의 말투에 모욕적인 뉘앙스가 있었을까? 유마의 조언을 무시하고 어디서나 살 수 있는 닭튀김 도시락과 김 도시락을(오이타 특산 도시락이 있었는데도!) 샀다는 것, 그리고 빌린 경자동차를 타자마자 바로 들어간 지역 슈퍼에는 닭튀김 도시락에다 지역의 생선이나 채소를 사용한 싸고 맛있어 보이는 도시락이 많았다는 것, 게다가 같이 마시려고 산 캔맥주니 소주를 도오루가 뒷좌석에 앉자마자 급히 마시기 시작했다는 것, 그런 것들이 유마의 신경을 더 긁어 버린 것일까. 나중에 생각해 보니 아마도 역에 도착한 그 즈음부터 유마의 표정이 굳고 말이 없어졌다.

그러나 도오루도 나름 유마의 변화를 느꼈던 게 분명하다. 그렇지 않다면 편의점을 나설 때 이미 유마의 기분을 가늠하려는 듯한 질문을 던지지는 않았을 것이다.

"나 말이야, 오이타부터 전차 안에서 계속 자는 바람에 경치를 하나도 보지 못했는데, 좀 어땠어? 창으로 바로 바다가 보여 좋지 않았어?"

유마는 대답하지 않았다. 아니, 우물우물 뭔지 모를 말을 하긴 했다.

"엉?"

도오루가 되물었다.

"비슷해? 비슷하다니, 뭐가?"

그러나 유마는 도오루를 무시하고 차 옆에 서서 손짓하는 잇페이다 쪽으로 성큼성큼 걸어갔다.

역 앞에서는 이마노 잇페이다가 운전대를 잡았다. 유마는 조수석에. 도오루는 맥주 캔을 한 손에 들고 경자동차 뒷좌석에 거의 눕듯이 앉아 있었다. 잇페이다의 운전에는 망설임이 없었다. 마치 목적지가 정해진 듯했다.

"너, 길 알아?"

도오루가 물었다.

"조금도 망설이거나 하지 않잖아. 알아?"

잇페이다는 멋쩍게 웃었다.

전혀. 애당초 알 리가 없잖아. 마지막으로 온 게 초등학교 3학년 땐데."

"말도 안 돼."

"봐, 달리기 쉽잖아, 이 길. 유후!"

이상한 소리를 지르면서 잇페이다는 액셀을 힘껏 밟았다. 차는 널찍한 밭 사이를 뚫고 일직선으로 달렸다.

"유후는 무슨, 참."

도오루는 어이가 없다는 듯이 말했다. 그런 다음 조수석을 엿보듯 하며 덧붙였다.

"그렇잖아, 유마."

유마는 대화에 응하려 하지 않았다. 유마는 원래가 말수가 적었다. 말을 더듬기 때문인지도 모른다. 지난밤에는 하카타의 싸구려 여관에 머물렀다. 새벽 3시까지 자지 않고 셋이서 끝도 없이 떠들었다. 아니 셋은 아니다. 달빛이 비쳐드는 창가에 놓인 낮은 테이블을 사이에 두고 등나무 의자에 앉아 술을 마시고 담배를 피우며 떠들어낸 것은 도오루와 잇페이다였다. 유마는 얼굴도 모르는 축구동아리 동료들이 아르바이트하는 가게나 연애에 실패한 얘기 따위에 열을 올리고 있었다. 하잘것없는 이야기였다. 이불 위에 엎드린 유마의 검은 머리가 움직이지 않아서 먼저 잠들었는가 생각했다. 그런데 그 얼굴이 갑자기 두 사람 쪽으로 향하더니 물었다. 심각한 생각 때문인지 말을 더듬는 것 때문인지 단순한 망설임 때문인지는 모르겠지만 말꼬리가 흐려 알아들을 수 없었다. 그러나 뭔가를 묻는다는 것은 분명했다.

"여, 여기, 이마노, 어, 어, 어머니, 괜, 괜, 괜, 찮, 아, 아……?"

그건 물어서 안 될 말 아닌가? 도오루는 그렇게 생각했다. 어머니 상태가 안 좋았다면 여행 같은 걸 할 생각은 하지 못했을 것이다. 괜찮으니까 이렇게 친구와 같이 여행을 하는 게 아닌가? 말도 안 되는 소리 하지 마, 라는 소리가 들렸다. 잇페이다가 아니었다. 도오루도 아니었다. 그러나 분명 누군가가 아주 심술궂은 목소리로 유마를 향해 그렇게 말하는 소리를 도오루는 들었다. 그런 말을 할 거면, 너야말로 여행 같은 걸 해선 안 되는 거잖아? 그러자 스스로 말한 그 물음에 내포된 얄궂은 의미를 깨달았는지 갑자기 목소리가 부드러워지면서 불씨를 끄려는 듯 말을 바꾸어 묻는 소리가 들렸다. 그렇게 말한다면 학점도 못 딴 주제에 너희 모두 여행 같은 건 해서는 안 되는 거잖아?

그러나 아무도 웃지 않았다. 말 많던 잇페이다가 갑자기 입을 다물었고, 그다음에는 아무리 도오루가 말을 걸어도 마음이 어딘가로 떠나 버린 듯 대답이 없었다.

문득 정신을 차리고 보니 도오루는 이불 속에 파고들어 잠들어 있었다. 몇 시나 되었을까, 이미 커튼 틈으로 아침 햇살이 스며들었고 잇페이다가 유카타 차림으로 창가 의자에 앉아 있는 것을 본 듯한 느낌이 들었다.

"일어나, 도오루, 자는 거야?"

잇페이다의 목소리에 도오루는 눈을 떴다. 세 사람이 탄 차는 커브가 심한 산길을 달리고 있었다.

고개를 내려와서 평지로 들어선 다음에도 구불구불한 길은 끝도 없이 이어졌다. 고개로 접어들기 전에 탁 트인 일직선 도로가 거짓말 같았다. 집들이 모인 마을을 빠져나가는 길은 좁고 해안도로는 커브가 계속 이어졌다. 도로 오른쪽에는 콘크리트로 보강한 산 비탈이, 왼쪽에는 바다가 펼쳐졌다. 짙은 감색 물 위에는 뗏목이 몇 개 떠 있고 그 건너편에 해안가 마을이 보였다.

"좀 세워 줄래?"

도오루가 말했다.

"오케이!"

웃으면서 잇페이다는 한 마디 덧붙였다.

"바보라도 오케이!"

"뭔 소리야 그게?"

잠시 달린 후 잇페이다는 핸들을 꺾어 작은 공장 같은 건물 옆 공터에 차를 밀어 넣었다. 부지 입구를 나타내는 기울어진 나무 기둥에 간판이 걸려 있었다. '이토 조선'이라는 글자와 전화번호가 적혀 있었다. 한눈에 문을 닫은 공장이라는 걸 알 수 있었다. 도오루는 조수석에 앉은 유마에게 눈길을 던졌다. 뒷머리가 창 쪽으로 기울어졌다. 자는 것일까. 유마의 집이 조선소를 한다는 걸 알고 있었다. 그 조선소도 그 곁에 있던 집도 쓰나미에 휩쓸려 사라져 버렸다. 다, 다, 다행, 이야, 이, 이, 이제는, 조, 조, 조선소, 를, 이어, 라고 하, 하, 하지, 않, 을, 테니……. 유마는 그렇게 말하고 하하하, 웃었다. 하하하. 웃을 때는 안 더듬네, 라는 누군가 목소리가 도오루의 귀에 들렸지만, 도오루 자신의 목소리인지 다른 누구 것인지 모를 그 목소리는, 그렇지만, 그 자식, 누나 남편이 벌써 뒤를 잇기로 했으니까 자기는 좋을 대로 살면 된다고 했었는데…… 그런 다른 목소리를 무의식 속의 바닷가로 밀어내려 했다.

도오루는 차에서 내려 오줌을 눌 만한 장소를 찾았다. 그곳은 어디를 봐도 폐허였다. 넝쿨로 뒤덮인 벽은 빗물에 변색되었고, 유리창은 깨졌다. 벽가에는 잡초에 가린 채 곰팡이 핀 목재와 녹슨 파이프가 아무렇게나 쌓여 있었다. 조선소 부지에 웬 폐차가 몇 대나 버려져 있었다. 개중에는 타이어도 유리창도 없이 뼈대만 남은 놈도 있었다.

도오루는 공터 끝까지 걸어갔다. 바다를 향해 방출한다. 바다에는 작은 배를 대고 뗏목 위에서 작업을 하는 사람이 몇몇 보였지만 아무리 그 어부가 눈이 좋다한들 저기서는 보이지 않을 것이다.

"나도, 나도."

어느새 잇페이다가 바지 지퍼를 내렸다.

"나도 발사 대작전."

두 개의 포물선을 그리며 오줌이 바다 표면을 때리는 소리가 들렸다. 그러나 잇페이다의 포물선은 금방 가늘어지더니 끊어지고 말았다.

"나는 아직이야."

도오루는 의기양양하게 말했다.

"역시 맥주를 마시니 많이 나오네."

그 포물선이 격하게 흔들렸다.

"뭐야?"

도오루가 뒤를 돌아보았다. 방출을 끝내고 차로 돌아갔나 했던 잇페이다가 깜짝 놀란 듯 소리를 질렀기 때문이다.

잇페이다 앞에 몸집이 자그만 노인이 서 있었다. 오클랜드 애슬레틱스 야구모자를 쓰고 하얀 목티 위에 크고 작은 호주머니가 잔뜩 달린 조끼를 걸치고 올리브색 작업용 바지를 입었다. 햇볕에 그을린 얼굴의 눈가에 패인 깊은 주름 때문에 웃는지 화를 내는지 표정을 읽기 힘들었다. 어디서 나타난 것일까. 세 사람이 탄 경차 뒤에 하얀 경트럭이 멈춰 선 것이 보였다. 소리를 듣지 못한 것이다.

"응?"

노인은 입을 움직이고 있었지만 무슨 말인지 알아 들을 수 없었다.

잇페이다가 웃으면서 얼굴 앞에서 손을 흔들었다.

"아니, 아닙니다. 그런 짓은 안 해요."

청바지 앞단추를 채우면서 도오루는 잇페이다의 등 뒤로 다가갔다.

"뭔데?"

낮은 목소리로 잇페이다에게 물었다.

"여기 건조 중인 오징어 훔치러 온 게 아니냐고."

잇페이다가 속삭이듯이 대답했다.

"건조 오징어?"

노인은 무슨 말을 하면서 손가락으로 가리켰다. 몸집에 비해 큰 손이었다. 유치원생의 점토공예 작품처럼 크고 둔탁한 손가락. 손가락이 가리키는 방향이 아니라 손가락 그 자체가 눈길을 끌었다. 뭔지 모르게 부자연스러웠다. 중간에 뚝 끊어진 손가락이 있었다. 저도 모르게 눈길을 돌리고 말았다. 그 눈길이 새끼줄에 걸린 천 조각 같은 물체와 마주쳤다. 오징어가 쭉 널려 있었다.

"지난번에 고등학생이 훔쳐갔다고 해."

노인이 또 뭐라고 말했다.

"아닙니다. 방학은 아니지만 그냥 여행하고 있어요. 저, 우리 아버지가 여기 출신이라서……."

노인이 입을 열었다.

"히고 마코토, 라고요." 하고 잇페이다가 말했다.

"누구?" 하고 도오루가 물었다.

"아버지."

잇페이다의 말을 듣고, 성이 다르지 않느냐고 도오루는 말할 참이었다.

"아세요?"

잇페이다가 노인에게 물었다.

노인은 고개를 빳빳하게 세운 채 대답했다. 야구모자 창 아래 눈가의 주름이 더 깊어졌다. 또 뭐라고 말했다. 큰 목소리였다. 외국어 같은 울림이었다. 아니, 그건 말이라기보다 파리가 즐겨 앉을 듯한 진득하니 질감이 있는 어떤 희멀건 덩어리 같은 울림으로 도오루에게 다가왔다. 말린 오징어 주위에는 검은 점들이 날아다니고 있었다. 파리였다.

"너, 이 할아버지 하는 말 알아들어? 말도 안 돼."

그러나 잇페이다는 도오루의 말을 무시하고 노인에게 물었다. 마치 도오루만이 다른 사람이 알아들을 수 없는 외국어를 하는 듯한 느낌이었다.

"히고 미치오라고 하는데, 집이 이 부근 맞아요?"

"그렇구만……."

노인은 손을 들더니 도오루와 잇페이다 둘을 남겨두고 성큼성큼 걸어 멀어져 갔다. 세 사람이 탄 경차를 지나칠 때쯤 노인은 발걸음을 멈추고 조수석에 앉은 유마에게 말을 걸었다. 깨어난 것일까, 유마의 얼굴이 노인 쪽을 올려다보는 게 보였다. 유마의 입이 움직이고 있었다. 도오루는 불안해졌다. 열린 창 너머로 유마가 노인에게 무슨 말을 하고 있었다.

바다거북을 뒤집어 버리자고 말한 것은 사토 유마가 아니었다. 산란을 끝내고 뒷발을 힘차게 휘저어 모래를 덮어줄 때까지 조금 떨어진 곳에서 지켜보았다. 그런데 어떻게 유마는 바다로 돌아가려고 기어가기 시작하는 바다거북의 진로를 가로막으면서 바다거북을 저렇게 휙 뒤집어 버릴 수 있었을까. 뒤에서 웃으면서(정말로?) 따라온 이마노 잇페이다가 내심 놀라면서 그 자리에 우뚝 선 채 도우려 하지 않았기에, 유마 혼자서 바다거북 옆에 무릎을 꿇고 앉아 배 아래로 두 손을 집어넣고 바다거북을 들어올려야 했다(생각보다 가벼웠다. 잇페이다의 도움은 필요 없었다). 뒤집어졌는데도 그걸 깨닫지 못했는지 아직도 모래 위를 기어가는 것처럼 바다거북은 지느러미 같은 사지를 천천히 저었다. 파도 소리는 새로운 시간을 가져다주지 않고 같은 시간을 반복하면서 모든 것을 그 시간 속에 가두어 버리려 했기에 허공을 휘젓는 바다거북의 앞발 움직임이 설령 거기서 도망치기 위한 것이라 해도, 벌렁 뒤집어져서인지(네가 뒤집었잖아) 시간의 흐름 속에서 앞으로 나아가려는지 아니면 시간을 거슬러 올라가려는지 알 수 없었고, 유마는 자신이 그 어느 쪽을 바라는 건지도 몰랐다. 만일 후자라면, 다시 말해 시간을 거슬러 올라가려 한 것이라면 그녀(그녀? 바다거북이라고 불러도 충분하잖아?)는 모래를 파고 구멍을 뚫어 거기에 다시 한 번 알을, 몇 개의 알을 눈물을 흘리면서(진짜 우는 것일까?) 낳아야만 한다. 그리고 산란으로 피로에 절은 몸을 끌면서 바다로 돌아가려다가 학기 중인데도 수업을 땡땡이치고 규슈에 온(왜 이런 데로 온 것일까?) 대학생의 손에 뒤집어지고 만 것이다. 그리고 앞발과 뒷발을 허우적, 허우적, 허우적……

차창 너머 풍경은 그리 마음을 설레게 하지는 않았다. 바다와 산이 들쑥날쑥 이어지는 리아스식 해안 풍경은 유마에게 고향을 떠올리게 했다. 이곳도 사람이 적은 땅이었다. 길을 걸어가는 사람이 거의 보이지 않았다. 스쳐 지나가는 차들을 보니 수산회사의 트럭을 제외한다면 운전자는 모두 고령자라 불러도 좋을 사람들뿐이었다.

지나치며 바라보는 포구의 마을들은 모두 청결해 보였다. 청결? 왜 그런 느낌이 드는지 유마는 알 수 없었다. 정원의 나무들이 모두 잘 가꾸어져 있어서? 정원이나 베란다에 빨래가 정갈하게 널려 있어서? 햇살 때문에? 푸른색 만에 반사하는 빛이 모든 것을 소독해서? 아냐, 그건 아니야. 왜냐하면 열린 차창으로 들어오는 대기에는 갯내음이 풍기고 거기에는 뭔지 모를 부패한 냄새가 뒤섞여 있지 않았던가. 죽음의 냄새. 죽음을 지워버릴 수는 없다. 유마는 깜짝 놀랐다. 누가 그런 말을 하는 것일까. 해안을 따라 난 길은 나 몰라라 하는 표정으로 바다로 들어갔다 나왔다를 반복하는 지형에 맞게 구불구불 이어졌다. 햇살은 투명한 의상으로 죽음을 감싸 줄 따름이다. 투명하다면 감출 수 없잖아? 누군가가 제멋대로 유마의 의식을 통해 말을 하고 있었다. 머리 한 부분을 납치당한 기분이었다. 그렇지만 왜 청결한 느낌이 들까. 길가에는 폐가가 드문드문 박혀 있었다. 새로 지은 집도 있고 오래된 집도 있고, 사람 사는 기색이 뚜렷한 주거 바로 곁에 생명을 잃은 텅 빈 집이 있다. 죽은 자와 산 자가 같이 지내고 있다. 그런 말을 하는 사람이 누군지 모르겠지만, 그 목소리 덕분에 죽은 자와 산 자가 같이 지낸다는 생각이 들었고, 느꼈고, 그것을 이해한 사람은 어김없는 유마였다. 보이지 않는 사자들이 폐가라는 형태로 그 모습을 드러냈다.

그렇지만 그것을 왜 청결하다고 느낄까? 아니, 청결이라는 말은 아마도 적절한 표현이 아닐 것이다. 깨끗하다, 또는 아름답다. 아름답다? 그렇지만 이렇게 퇴락해 가는 시골 어디가 그리 아름다운가.

그렇다, 종말에 가까워졌으므로, 뭔가가 끝나려 하기 때문이다(그런가?). 이제 제멋대로 떠들게 내버려 두면 된다. 문득 치매에 걸려 세상을 떠난 할아버지 생각이 났다. 아까 잇페이다가 소변을 보려고 차를 세운 조선소(그렇다, 조선소였다. 유마는 바로 깨달았다. 그러므로 자는 척한 것이다)에서 만난 노인 탓인지도 모른다. 초등학교 때 한 번 문병 갔을 때의 장면이 되살아났다. 좀 이상한 말이기는 하지만, 그 풍경은 시각이 아니라 후각에 의한 풍경이었다. 현관 자동문을 열었을 때, 오줌에서 나는 암모니아 냄새와 퀴퀴한 똥 냄새와 그것들을 억지로 지우려는 소독약 냄새가 마구 뒤섞인 무서운 악취(악취라고밖에 표현할 수 없다)가 콧구멍을 통해 몸 속으로 한꺼번에 확 밀려들었다. 유마는 순간 비틀거리면서 토할 것 같았다. 그때 할아버지를 보았을 터인데도 아무 기억이 없다(그게 병원인지 요양원인지도 모른다. 그곳도 쓰나미 피해를 입었지만 할아버지는 그 전에 세상을 떠났다). 소름끼치는 그 냄새가 피부 안

쪽까지 달라붙은 것 같아 집에 돌아와서는 비누로 세차게 손을 씻고, 욕탕에 들어가 거품을 잔뜩 일으키며 몸을 문질렀지만 그 냄새가 피부 안쪽 너머로 기억의 깊은 곳까지 달라붙어 버린 느낌이 들었다. 그 후로 부모님이 할아버지 문병을 가자고 하면 단호하게 거부했다. 거길 따라가는 누나의 속내를 알 수 없었다.

유마는 낮에 들른 집을 생각하고 있었다. 그때는 유마가 운전을 했다.

"이런 지형 잘 알잖아. 운전 교대 좀 해 줄래?"

잇페이다가 그렇게 말했다. 리아스식 해안을 따라 난 길은 커브가 많아 그런 길에 익숙하지 않으면 위험할 때가 많다(그렇지만 왜 그런 지형에 유마가 익숙할 거라고 잇페이다는 생각했을까).

"저기서 오른쪽으로 돌아."

"저기 마을회관 같은 건물 옆 도로로 들어 가."

잇페이다는 계속 지시를 내렸다. 잇페이다가 어디로 가려고 하는지, 유마는 별 관심이 없었다. 뒷좌석에서 축 늘어져 있는 도오루는 아마도 잠이 들었을까.

길가에 다시 집들이 드문드문 나타나기 시작하고, 또 새로운 마을이 나타났다. 금방 인가는 사라지고 터널이 입을 벌리고 그들을 기다렸다. 터널을 빠져나오자 갑자기 눈앞에 파란 바다와 하늘이 펼쳐져 유마의 시야를 폭발이라도 시키려 하는 것 같았다. 서둘러 눈을 가늘게 뜨고 저항했다.

"저기서 왼쪽." 하고 잇페이다가 말했다. 시키는 대로 교차로에서 차를 틀어 방파제를 따라 달렸다.

"저기, 저기서 스톱."

잇페다가 외쳤다.

콘크리트 벽 옆에 차를 댔다. 벽은 낮고 소나무가 도로 위로 멋들어지게 가지를 펼치고 있었다. 정원의 나무 사이로 창고로 보이는 건물과 그 안쪽에 이층 주택이 보였다. 이 바닷가 마을에서 철근 콘크리트로 만든 사각형 상자를 상하로 쌓은 듯 튼실해 보이는 커다란 집을 몇 채나 보았지만, 이 집은 전통적인 일본 가옥이었다.

차에서 내린 잇페이다가 문에 걸린 문패를 살펴보았다.

"어? 아닌가……."

잇페이다는 고개를 갸웃했다.

유마도 차에서 내렸다. 갯내음과 풀과 곰팡이가 뒤섞인 냄새가 났다. 곰팡내는 아마도 집을 둘러싼 벽 아래 쪽에 거무스름한 띠를 형성한 녹색 곰팡이 때문일까. 솔개 울음소리가 들렸다. 갑자기 그리움이 밀려왔다. 멀리서 큰북 치는 소리가 들렸다. 축제 준비일까. 귀에 익은 리듬은 아니었지만 유마는 바로 알 수 있었다.

"실례합니다."

말을 하면서 잇페이다는 성큼성큼 정원 안으로 들어섰다.

잇페이다는 문에서 보이는 오른편 창고 곁을 지나 현관 앞에 섰다. 뒤에서 따라오는 유마에게 말을 하려고 고개를 돌리다가 잇페이다는 깜짝 놀랐다.

"으앗!"

그 눈길을 따라 자신의 곁을 보던 유마도 놀라 몸을 움찔했다. 창고 처마 아래 햇볕을 받으며 사람이 하나 앉아 있었던 것이다. 녹슨 접이식 파이프 의자에 노파 하나가 동그마니 앉아 있었다. 작은 등을 동그랗게 말고 목을 몸 안으로 집어넣으려는 듯이 아래로 늘어뜨린 탓에 얼굴이 보이지 않았다.

"죽은 건 아니겠지."

잇페이다가 속삭이듯 말했다.

괜찮아 보였다. 노파는 잠깐 조는 듯했다.

"안녕하세요, 안녕하세요. 아무도 안 계세요?"

잇페이다는 사람을 불렀다. 바로 곁에서 잠들어 있던 노파에게 신경 쓰면서 살짝 기세를 누른 듯한 목소리였다. 유마는 힐끗 창 쪽을 돌아보았지만 노파는 고개를 들 기색도 보이지 않았다.

"안녕하세요, 여보세요, 안녕하세요."

역시 대답이 없었다. 유마는 문 손잡이를 잡고 가볍게 당기고 밀어 보았다. 잠겨 있었다.

"아무도 없는 건가……." 하고 잇페다가 중얼거렸다.

"없어, 없어."

뒤에서 들려오는 남자의 목소리에 둘은 동시에 움찔 몸을 떨었다. 돌아보니 노인 한 사람이 서 있었다. 오클랜드 애슬레틱스 야구모자를 쓰고 호주머니가 잔뜩 달린 조끼를 입었다.

바로 그 사람이었다. 아까 조선소 공터에서 유마에게 말을 걸었던 노인이다. 노인은 유마의 고향 사람과는 다른 방식으로 심한 사투리를 썼지만, 유마는 알아들을 수 있었다. 또렷하게 알아들었다. 어디서 왔는가? 그렇게 노인은 물었다. 그때 유마는 왠지 도쿄에서, 라고 대답하지 않았다. 왜 그랬을까? 도호쿠에서. 유마는 그렇게 노인에게 말했다. 그러자 야구모자 챙 안쪽 눈을 가늘게 뜨고 노인은 말했다. 도호쿠? 거참 아주 멀리서 왔구먼. 노인은 그 한마디만 했을까?

나중에, 뒤집힌 바다거북에게서 조금 떨어진 곳에 퍼질러 앉은 유마는 그때의 일을 다시 한 번 떠올리려 할 것이다. 조수석에서 올려다 본 노인의 칙칙한 입술과 뿌리까지 드러난 아랫니를 보았다. 몇 개는 이미 빠지고 없었다. 비쩍 말라 주름투성이에다 늘어진 목에는 깎다 만 몇 가닥 털이 남아 있었다. 힘들었겠어. 그것은 유마의 의식 일부를 빼앗아 제멋대로 내뱉는 목소리가 아니었다. 유마의 의도를 무시하고 말을 하지만 부분적으로는 유마의 것이 분명한 그 목소리가, 힘들었겠어, 하고 유마가 들어보지 못한 사투리로 말을 할 수는 없기 때문이다.

"고생이 많았다는 뜻으로 하는 말일 거야, 아마도. 편히 쉬라는 말이야." 하고 차안에서 잇페이다가 가르쳐 주었다. 그렇다면 그 노인의 목소리가 분명하다. 이제는 거의 움직임이 없던 바다거북이 다시 한 번 사지를 휘저었다(그런데 뭘 밀쳤을까? 물? 모래? 시간?).

그 집 앞에서 재회한 노인은 다시 잇페이다에게 무슨 말을 하려다가 소리가 나자 뒤를 돌아보았다.

시모가와 도오루였다. 차안에서 잠들어 있던 도오루가 잠에서 깨어나 둘을 따라 들어온 것이다.

"아, 아까 그 할아버지." 하고 도오루가 말했다.

그리고 창고 처마 아래 의자에서 잠든 노파를 보고 몸을 크게 움찔했다. 만화처럼 과장된 그 몸짓에 유마가 큰 소리로 웃었다. 길게 뻗은 하얀 구름에 걸리는가 싶더니 하늘 전체로 퍼져 나가는 매끄러운 웃음소리였다.

"없어, 없어. 아무도 없어." 하고 노인은 말했다.

"여기 히고 씨 집이 아닌가요?"

노인은 웃었다.

"아냐, 아냐. 여기는 다이코 집이야."

"다이코(큰북)라고요?"

이제야 뜻을 아는 말을 들었다며 도오루가 기쁜 표정으로 유마의 귓전에 대고 속삭였다.

"하긴 큰북소리 같긴 해, 이거."

"아냐, 아냐." 하고 대답한 것은 유마가 아니라 노인이었다.

"뭐라는 거야?"

세 사람을 향해 말을 하는 노인을 바라보면서 도오루는 잇페이다의 귓전에 낮은 목소리고 물었다.

"저건 축제의 큰북 연습이라고 말이야. 그렇지만 할아버지가 말하는 건 그게 아니라 다이코. 이 집 아들 이름이 다이코라는 거야."

"이름도 참 이상하네. 그런데 그 다이코가 어떻게 됐다는 거야?"

노인은 다시 두세 마디 뭐라고 말했다. 그런 다음 손을 들어 손가락으로 머리를 콕콕 쑤셨다. 잇페이다의 표정이 굳어지는 것을 유마는 보았다. 노인의 손가락을 바라보는 도오루의 눈은 우스꽝스러울 정도로 두려움에 젖어 있었다.

그런 다음 노인은 다시 창고 처마 아래 놓인 의자에서 잠든 노파 쪽으로 갔다. 어깨에 손을 올리고 상냥하게 흔들었다. 노인은 노파의 귀에 입을 갖다 댔다. 꽤 큰 소리로 외쳤다.

"치요 언니, 치요 언니, 일어나 봐. 안 일어날 거야?"

노파가 고개를 들었다. 백발을 뒤로 묶은 얼굴은 온통 주름이었다. 그 시야에 집 앞에 선 세 사람의 모습이 들어왔을 테지만, 그러나 아무것도 안 보인다는 듯한 눈매였다. 노인을 향해 고개를 든 노파의 입이 움직였다.

"없어, 없어. 다이코는 없어, 치요 언니. 아무리 기다려도 오지 않아."

노파의 얼굴이 일그러졌다. 고통스러워 보이기도 하고 슬퍼 보이기도 했다.

"바보, 그런 표정 짓지 마, 치요 언니. 안 온다고 해서 언제까지고 안 온다는 건 아니야. 지금 다이코는 입원 중이야. 몰랐어, 치요? 오늘은 만날 수 없다고 하잖아. 응, 그럼, 좀 더 시간이 걸릴 거야. 다이코의 아버지 어머니도 병원에 있으니까 지금 아무도 없어."

노파가 또 뭐라고 했다.

"그럼, 그럼."

노인은 고개를 끄덕였다.

"대신해 주고 싶다고? 그럼, 치요, 네가 아프면 더 좋았을 걸 그랬어. 충분히 살았으니까. 그렇고말고, 지금도 늦지 않았어, 치요, 네가 다이코 대신에 입원하면 돼."

그렇게 말하며 노인이 웃자 주름 뿐인 노파의 입이 풀어졌다. 노파는 그 입을 감추었지만, 효효효, 또는 히히히, 그런 음침한 웃음소리가 들렸다.

그런 다음 노파는 노인의 손을 빌려 자리에서 일어섰다.

"자, 들어가, 치요 언니."

그렇게 말하고 노인은 노파를 내버려 두고 성큼성큼 걸어갔다. 그 뒤를 따라 노파도 걸어가기 시작했다. 등이 조금 굽긴 했지만 발걸음은 힘찼다.

집 앞에 남은 세 사람은 멀어져가는 두 노인의 등을 말 없이 지켜보았다. 북소리가 들려왔다. 축제 연습은 아직 계속되고 있었다.

그런 다음 몇 시간 뒤 밤의 백사장에 앉은 채 유마는 낮의 일을 되새겨 보았다. 물가는 유마가 앉은 자리에서 꽤 멀어졌지만 파도 소리는 바로 앞에서 들리듯 가까웠다. 바다거북은 벌렁 뒤집어진 채였다. 그 곁에서 시모가와 도오루는 소리 하나 내지 않고 기분 좋게 잠들었다. 이마노 잇페이다의 모습은 보이지 않았다. 어디로 간 것일까. 달빛이 비치기는 하지만 해안가 도로에는 거의 가로등이 없어 멀리까지 보이지 않았다.

낮에 찾아간 그 집은 잇페이다의 확신과는 달리 그의 아버지의 집, 그가 어릴 적에 누나와 같이 여름을 지낸 할아버지의 집이 아니었다. 그곳은 다이코라는 사람의 집이었다. 유마는 무슨 영문인지 입원 중이라는 얼굴도 모르는 다이코라는 사람을 뇌리에서 지울 수 없었다. 노인이 머리를 손가락으로 가리켰을 때 잇페이다의 표정이 조금 변했다. 잇페이다의 어머니가 입원했다는 건 알고 있었다. 꽤 심각한 듯했다. 뇌에 종양이 생겨 수술을 했다고 들었다(그 노인은 머리를 가리키면서 아마도 같은 말을 했다).

여행 같은 걸 가도 되냐고 몇 번이나 잇페이다에게 물었다.

"괜찮아, 괜찮아."

그렇게 잇페이다는 대답했다.

그리고 세 사람은 여기에 있다. 가슴이 무거워 후웃, 한숨을 내쉬면서 유마가 눈길을 옆으로 돌리는데 벌렁 뒤집어진 바다거북과 눈이 마주쳤다. 바다거북은 도오루와 같은 자세였지만 고통스러워 보였다. 앞발을 몇 번이나 휘저었다. 밀쳐낼 것도 없는데 휘저었다. 그러나 잃어버린 시간을 끌어올 수도 지워 버리고 싶은 시간을 떨쳐낼 수도 없다. 다만 검은 모래처럼 밤하늘이 찢겨나가고 비뚤어진 달이 한층 심하게 비틀어 놓을 따름이었다.

유마는 그때 노인이 노파의 귓전에 입을 대고 그 어깨를 쓰다듬으며 상냥하게 속삭이는 목소리를 들었다. 그 목소리는 말했다. 너의 고통보다도 남의 고통을 보는 것이 더 고통스럽다는 거네. 그게 뭘까? 남의 고통 따위 절대로 알 수 없을 터이니, 오히려 그 반대가 아닐까. 잘못 들은 것일까.

잇페이다에게 물어보고 싶었다. 앉은 채 고개를 빼들고 주위에서 잇페이다를 찾았다. 그리고 다시 바다거북과 눈이 마주쳤다. 바다거북은 다시 앞발을 휘저었다. 맥없이 저었다. 체념한 몸짓이었다.

"이제 돌려놓는 게 좋지 않을까?"

조용한 백사장에 목소리가 울렸다. 정말 그게 유마의 목소리였을까. 귀를 기울였다. 하늘에는 검은 모래에서 비어져 나온 알 같은 달이 떠 있었다. 거기에서 뚝뚝 떨어져 내리는 희멀건 육수 같은 빛이 꼼짝도 못하는 바다거북의 하얀 배를 두드리는 정적. 그것을 메우는 파도 소리만이 들려왔다.

문병

お見舞い

고속도로 인터체인지를 내려와서 바로 옆에 있는 쇼핑몰에 들렀던 그날 아침, 문병을 가는 길에 여기까지 태워 주었던 젊은 외국인 여자는 어떻게 지내고 있을까, 스토 도시야는 생각했다. 젊은 여자는 말씨만 아니라면 외국인인지 아닌지 가늠이 되지 않았다. 그렇지만 여자는 거의 아무 말도 하지 않았다. 임산부였다. 가녀린 몸매에 배만 불룩 튀어나왔다. 나이는 아마도 도시야의 딸과 비슷해 보였다.

도시야와 아내 미레이 사이에는 네 명의 자식이 있다. 스물두 살 마오와 연년생인 차녀 유이는 미레이가 데리고 온 딸이다. 그 아래로 둘을 더 뒀는데, 고등학교 1학년인 다이치와 중학교 2학년인 카이토가 도시야와 미레이 사이에 생긴 아이들이다. 도시야가 두 딸을 거느린 미레이와 결혼한 것은 스물 여섯 때였다. 시골 어촌에서는 그렇게 빠르지도 늦지도 않은 나이였다. 그러나 아내가 데리고 온 아이 덕분에 마흔 다섯에 벌써 할아버지가 될 신세였다.

도시야는 여성의 향기라고는 찾아보기 힘든 진한 땀 냄새와 생선 비린내 가득한 어부의 집에서 3형제 중 막내로 태어났다. 아버지 도시이치가 혼자 힘으로 일으킨 수산회사가 성공해서 갖고 싶은 건 뭐든 가질 수 있는 유복한 어린 시절을 보냈지만, 회사가 소유한 배가 원동기 달랑 매단 한대의 그릇배에서 5톤 어선 네 척으로 늘어나고, 아버지의 승용차가 크라운에서 벤츠(당시 이 지역에서 네 대밖에 없었는데 그중 하나였다)로 바뀌어도, 졸지에 찬장에 가득 찬 웨지우드나 마이센 그릇들 위를 똥파리들이 붕붕 날아 다니는 생활은 도무지 세련과는 거리가 멀었다. 중학교를 졸업할 때까지 한 달에 한 번 형제 전원이 순서대로 어머니의 손에 의해 바리캉으로(도중에 전동 '스킬 컷'로 바뀌었지만 다양한 보조장치를 사용하는 일은 없었다) 머리를 빡빡 밀어야 했다. 욕탕에서는 몸이건 머리건 비누 하나로 문질러 댔다. 같은 반 여자애의 머리카락에서 풍기는 샴푸 냄새를 들이키는 것이 그리 좋을 수가 없었다. 같은 샴푸를 쓰는데도 어머니 머리카락에서는 한 번도 맡아보지 못한 향기였다. 결혼하면 딸을 가지고 싶다는 생각을 했다.

　물론 여자가 데리고 오기는 했지만, 도시야는 갑자기 두 딸의 아버지가 되었다. 마오는 세 살, 유이는 두 살이었다. 두 딸은 친아버지를 거의 기억하지 못하는지, "아빠, 아빠"하면서 도시야의 품에 안기며 잘 따랐다. 둘째 유이와는 가슴이 부풀어 오르고 초경이 찾아올 때까지 같이 목욕을 했고, 지금도 샤워를 하고 난 다음 수건 하나만 두르고 아버지 앞을 걸어 다니는 통에 걱정스러울 정도였다. 말보다 주먹이 앞서는 아버지와 형들 틈에서 매일 울면서 자랐기에(울면 울지 말라며 주먹질을 했다) 자신만은 절대로 자식에게 손을 대지 않으리라 결심한 도시야는 아이들을 소중히 다루는 편이지만, 그래도 아들에게는 엄해지는 경향이 있었다. 그리고 그만큼 딸들을 애지중지했다.

장녀 마오는 스물 두 살, 어머니의 첫 번째 결혼 때와 마찬가지로 속도위반을 해서 이제 곧 아이가 태어난다. 남자애라고 한다. 장남이 태어났을 때 아버지 도시이치가 보내 준 돔이 그려진 깃발을 광에서 꺼내 햇볕에 말렸다. 시골 풍습에 따르면, 태어난 남자애는 정확히 말하자면 도시야 가문의 손자가 아니라 딸의 시댁 손자였다. 그러나 마오가 결혼한 기무라 신지에게는 아버지가 없고, 그 어머니는 시영주택에 살았기 때문에 결혼한 두 사람은 작은 방을 빌렸다. 그래서 도미 깃발을 매다는 것은 당연히 도시야의 임무이면서 큰 기쁨이기도 했다.

외국인 여자는 주차장을 빠져나가 바로 옆 종합병원 쪽으로 걸어갔다. 그 모습을 바라보며 병원 주차장에서 내려주면 좋았을 거라고 후회했다. 외국인의 치료비는 어떻게 되는 걸까, 전액 부담이라면 상당한 돈이 들 텐데, 그런 쓸데없는 걱정까지 했다. 아마도 아리사가 뇌리에 있어서 일 것이다. 환락가라기에는 너무도 후줄근한 해군요코초라는 '시내' 술집에서 알게 된 여자인데, 도시야는 그 술집 2층에서 가끔 관계를 가졌다. 한번

아리사가 전날 시합을 벌인 복서처럼 얼굴이 퉁퉁 부어 선글라스를 끼고 나타난 적이 있었다. 병원에 갔다 왔느냐고 물었더니 보험이 안 돼서 가지 못했다고 해 돈을 좀 주었다. 아리사도 도시야의 두 딸과 거의 같은 나이였다. 자신의 딸에게 손을 댄 적이 단 한 번도 없었던 도시야는 아리사의 얼굴을 보고 당황했다. 아리사의 얼굴이나 몸은 가냘프다고나 할까 어딘지 모르게 덜 자란 듯한 느낌을 주었다. 미끈하고 탱탱하면서 까무잡잡한 피부나 손바닥에 쏙 들어오는 작은 가슴 때문에 도시야는 사춘기 여자애를 떠올리지 않을 수 없었다. 그런데, 그 아리사가 일하는 가게로 그를 처음 데리고 갔던 히고 마코토는 절대로 그렇지 않다며 웃는 것이었다.

세 살 연상의 히고 마코토는 도시야와 같은 마을 출신으로 원래는 둘째 형 도시기와 동급생이었다. 아버지 회사는 장남 하루도시가 이어받았고 둘째는 독립해서 새로 수산회사를 차렸다. 히고 마코토는 동생을 부려먹기만 하는 잔혹한 형들과는 달리 두 살 아래 도시야를 귀여워해 주었다. 집도 가까워 어릴 적부터 자주 같이 놀았다. 마음에 들지 않으면, 또는 이유도 없이 무작정 헤드드롭을 걸기도 하고 킥을 꽂아 넣기도 하면서 도시야를 울리기만 하는 둘째 형과는 달랐다. 야구를 하며 놀 때면 치기 좋게 공을 던져 주었고, 장기나 주사위놀이를 할 때도 자주 물려 주었다. 지금 생각해 보면 때로 일부러 져 주기도 한 것 같다. 도시야는 형처럼 히고 마코토를 따랐다. 위로 누나 하나뿐인 히고 마코토도 도시야를 동생처럼 귀여워해 주었다. 자위하는 방법이야 형들이 하는 걸 보지 않아도 자연스럽게 배웠지만, 낚시를 할 때 생선 입에서 바늘을 빼내는 방법을 가르쳐 준 것도, 어협 일로 관청에 들렀다가 아버지가 사다 준 여태 그 마을에서 누구도 신지 않았던 고양이처럼 생긴 운동화가 '나이키'라는 놈이란 것도, 방금 산 야구 글러브를 부드럽게 만드는 방법을 가르쳐 준 것도, 페팅이니 펠라티오라는 말의 의미를 가르쳐준 것도 형들이 아니라 히고 마코토였다. 그리고 비록 같은 구멍에서 태어나지는 않았지만 같은 구멍의 동서로 만들어 준 아리사의 몸을 보고 "저건 아기를 낳아 본 몸이야."라고 가르쳐 준 것도 역시 히고 마코토였다. 놀라는 도시야의 얼굴을 보고,

"넌 자식이 넷이나 되면서 그것도 몰라." 하고 어이가 없다는 표정을 지었다. "내가 만든 건 둘 뿐이야, 마코 형. 그런데 그걸 어떻게 알아?"

도시야가 그렇게 묻자, "젖꼭지 말이야, 젖꼭지. 아이를 낳은 여자는 저렇게 젖꼭지가 새카만 거야."라고 히고 마코토는 당연하다는 듯이 말했다. 아이를 네 명이나 낳고 모두 모유로 키워 낸 아내 미레이의 젖꼭지는 완전히 새카맣지도 않은 밀크를 많이 넣은 카페오레처럼 고운 갈색인데, 도시야는 그건 입에 담지 않았다. 미레이를 만나기 전에 사귀던 무라타(결혼 전의 성은 나루미) 라미와 에토(결혼 전의 성은 고바야시) 미나는 도시야

가 첫 남자였는데, 적어도 라미는 벌거벗겼을 때 깜짝 놀랄 정
도로 젖꼭지가 크고 검었다는 사실도 도시야는 말하지 않았다.
그러나 아리사 건에 관해서는 히고 마코토의 판단이 옳았다.
아리사가 고국에 있는 어머니 품에 어린 아기를 맡기고 왔다는
것을 나중에 알았다.

　어린 시절의 도시야에게 히고 마코토의 말은 신의 말이나 다
름없었다. 주먹을 귓 속에다 꽂아 넣어 시키는 대로 하게 만들
었던 부모나 형들과는 달리 그것은 도시야 스스로 귀를 열고
그 앞에 무릎을 꿇게 만드는 그런 말이었다. 그러나 나이가 들
면서 그 말들은 반드시 신뢰할 만한 것이 아니며 오히려 근거
도 논리도 없이 제 멋대로 지어낸 것이 아닌가 하고 의심하게
되었다. 히고 마코토의 입에서 나오는 말에 대한 의심은 점점
가지를 펼쳐 빠져나올 수 없을 만큼 깊이 뿌리를 내리기에 이
르렀다. 히고 마코토도 완전히 사람이 변하고 말았다. 도시야에
게는 가슴 아픈 일이지만, 지금 히고 마코토라는 이름이 그 지
역 사람들의 입에 오르내릴 때는 십중팔구가 틀려먹은 인간의
대명사로서였다.

　도시야가 동경하던 마코토 형은 어디로 가 버렸을까. 히고 마
코토는 원래 머리가 좋은 사람이었다. 애당초 도시야보다 윗세
대를 보면 이 바닷가 마을에서 대학까지 간 사람은 거의 없었
는데, 대학도 그냥 대학이 아니라 도쿄에 있는 대학에 진학했
다. 둘째 형의 중학교 친구 가운데서 유일한 대학 진학자였다.

도시야의 급우 스물한 명 가운데서도 대학진학자는 없었다. 도시야의 맨 위 형은 중학교를 졸업하자마자 아버지를 도와 배를 타고 바다로 나갔다. 도시야를 쫄따구처럼 혹사시키던 둘째 형은 그럭저럭 공부를 좀 해서 히고 마코토와 같은 공립 인문계 학교로 진학했지만 성적은 중간에서 저 뒤로 밀려 있었다. 그러나 도시야는 공부라는 점에서 본다면 그 형하고는 비교도 할 수 없을 만큼 떨어졌다. 정원 미달이 아니었다면 이 지역의 고등학교에도 진학하지 못했을 것이다. 다만 학교에 가면 이해도 못하는 선생의 말을 들으면서 책상 앞에 앉아(가만히 듣는 건 그래도 좀 하는 편이었다) 어머니가 싸 준 도시락을 까먹고 오후에는 줄곧 잠과의 투쟁에서 패배를 선언하는 전사의 길을 걸었다. 귀가를 서두르는 학생들이 책상 걸상을 탁탁 부딪치며 내는 소리를 듣고 잠에서 깨어나 자전거를 타고는 집이 아니라 아버지와 형들이 없는 바닷가 회사 사무실로 가서 가업을 도왔다. 머리도 없고 잔꾀도 없어 늘 아버지와 형들에게 야단을 맞았지만 그물 수선만은 누구보다 잘해서 "넌 손재주 하나만은 아주 대단해." 하고 아버지가 언젠가 그를 칭찬해 준 적이 있었다(그러나 잠자리에서 미레이에게 그런 말을 들은 적도 없었고, 아리사의 경우는 아마 또 다른 립 서비스였을 것이다). 고등학교를 졸업하고 바로 아버지 회사에서 일했다. 지금은 부사장이지만, 이건 그냥 아버지가 회장이고 형이 사장이라는 데 지나지 않았다. 그런 도시야에게 대학, 그것도 도쿄의 대학까지 갔다 온 히고 마코토는 숭배의 대상 그 자체였다. 대학을 졸업한 다음 도쿄에서 취직했다는 소문이 떠돌던 히고 마코토가 20대 후반에 고향으로 돌아오기로 결심하고 선택한 곳은 도심지의 관청이 아니라 지역의 읍사무소였다. 마코토 형의 향토애에 도시야는 진심으로 탄복했지만 회장이나 사장을 비롯한 지역의 대다수 의견은 다른 것 같았다. 물론 도시야는 자신의 생각을 입에 담거나 하는 어리석은 짓은 하지 않았다. 아무튼 마코토 형이 가까이 있어 준다는 것만 생각해도 즐거웠다.

그 히고 마코토의 모습이 10년 전부터 이상해졌다. 그전에는 1년에 한 번은 상경했었다. 이혼한 아내가 도쿄에서 키우는 딸과 아들을 만나러 갔던 것이다. 무슨 일이 있었을까, 그 행사를 멈추었다. 술을 부어넣듯 하고 직장도 무단결근하기 시작했다. 히고 마코토가 도시야를 해군요코초의 술집으로 이끈 것도 그 즈음이었다. 실제로 거래처를 접대하느라 도시야는 해군요코초에 자주 갈 기회가 있었지만 항공모함이나 순양함 급의 술집만 즐겨 찾았다. 몸을 잔뜩 움츠리고 취객의 욕망이 어떻게 움직이는지 감시하는 잠수함이나 초계정 같은 술집의 존재를 가르쳐 준 사람은 히고 마코토였다. 회사 일로 접대를 할 때는 젊은 사원에게 운전을 시키거나 택시를 이용했다. 그런데 히고 마코토와 둘이서 갈 때는 당연히 둘 가운데 하나가 핸들을 잡을 수밖에 없었다. 물론 운전은 도시야의 역할이었다. 술을 마시지 못하니까 여자와 한 번 하는 것 정도일 거라고 도시야는 편하게 생각하기로 했다. 결혼한 이후로는 아내 말고는 다른 여자와 자보지 못했는데, 히고 마코토 덕분에 리타, 루이스, 아리사를 알게 되었다. 그 가운데 가장 즐겨 관계를 가진 것이 아리사였고…….

공무원치고 히고 마코토의 씀씀이는 꽤 큰 편이었다. 히고 마코토는 친척이나 친구에게 돈을 많이 빌려 술값으로 탕진했다. 어머니가 세상을 떠난 것도 그런 빚 걱정 때문이었다. 적어도 그 남편, 즉 히고 마코토의 아버지 히고 미치오는 그렇게 생각했다. 아들의 빚을 모두 떠안긴 했지만 아내의 장례식에 아들의 참석을 허락하지 않았다.

고개를 내려오자 교통위반을 단속하는 순찰차가 서 있었다. 그 곁에 선 푸른 제복 차림의 다카하시 순스케 순경과 눈이 마주쳤다. 이 지역의 리아스식 해안에서 쑥 들어 간 만이란 만에는 반드시 마을이 형성되어 있었는데, 예전에는 다는 아니지만 큰 포구마다 파출소가 있었다. 시·군·읍이 합쳐지기 전후로 그런 파출소들은 거의 폐쇄되고 규슈에서 가장 면적이 넓은 시에서도 가장 큰 부분을 차지하는 이 지역에 지금은 다카하시 순경 한 사람만이 상주하고 있을 뿐이다.

인구가 격감하는 바람에 사람 사는 마을 그 자체가 자연 소멸하는 포구도 몇 있었다. 그런 장소에 남은 빈집에 외국인이 살기 시작했다. 히고 마코토는 눈을 가늘게 뜨고 도시야에게 거듭 그렇게 말했다. 그런데도 공무원들은 알아도 모른 척하고

만 있어. 그 스스로 사직서를 내고 그만 둔 주제에 마치 외국인의 불법체류 사실을 끊임없이 지적하다가 목이 잘리고 말았다는 듯한 어투였다. 고작 경찰관 하나로 뭘 하겠다는 거야, 도대체 무슨 생각을 하는 건지, 그렇게 히고 마코토는 우려했다. 무슨 뺄 구덩이에 가부좌를 틀고 앉은 사람처럼 흐릿한 눈길로 도시야를 바라보며 술에 절은 숨결을 뿜어댔다. 자경단을 만들어야 해!

그 즈음 이미 히고 마코토는 집에서 잘 나오지도 않아 도시야가 그 아이디어를 형 집에 모인 사람들에게 전하게 되었다. 그런 영문도 모를 말은 하고 싶지 않았지만 반드시 말하라고 윽박지르는 통에 그러겠노라 약속하고 말았다. 도시야 일족에게 부를 가져다 준 배 이름에 빗대어 '도시나가 어전'이라 불리는, 아버지가 세우고 지금은 가문을 이어받은 장남 가족이 사는 집 열 평 넓이의 거실에 모여 술을 마시며 담소를 나누는 어부들의 귀에 들어가지 않기를 기원하면서 도시야는 기어들어가는 목소리로 자경단 건을 꺼냈다. 요즘은 무슨 말이건 히고 마코토라는 이름만 들어가도 콧방귀를 낄 뿐 완전히 무시해버리는 분위기였다. 이때도 그리 되리라 생각하고 있었는데, 옛날부터 아버지 배를 탔던 노어부 요시다 미쓰오 형이 소주 기운이 불콰하게 오른 얼굴로 도시야를 내려다보듯 하며 물었다.

"자경단? 그게 뭔데?"

도시야는 어떻게 대답해야 좋을지 몰랐다. 히고 마코토의 말

을 앵무새처럼 되풀이했을 뿐 도시야 자신은 그게 뭔지도 생각
해 보지 않았기 때문이다.

"포구를 지키자는 거지." 하고 도시야는 말했다.

"무엇으로부터?"

미쓰오 형이 또 물었다. 도시야는 말을 얼버무렸다. 듣고 보
니 치안이 불안한 요소는 아무것도 없었다. 해안가에 널어 둔
오징어를 도둑 맞은 사건이 있긴 했지만 지역의 고등학생 짓이
라는 사실이 드러났다.

"그렇지만 앞으로 안 좋아질 수도 있으니까." 하고 도시야는
중얼거리듯이 말했다.

"너, 그게 소방대랑 다르다는 건 알아? 무기는 어떻게 하고?"

미쓰오가 따지고 들었다. 그런 다음 나무젓가락을 도시야에
게 들이밀며 갑자기 큰 소리를 냈다. 푸하하하! 미쓰오 형의 십
팔번이 시작됐어, 하고 다들 웃었다. 도시야도 같이 웃었다. 옛
날에 미쓰오 형의 배가 이웃나라에 억류된 적이 있었다. 술에
취하면 반드시 그때의 무용담을 늘어놓는다. 위협사격을 받았
다고 미쓰오 형은 의기양양하게 떠들어댔다. 그렇지만 사실은
밀어를 하다가 이웃나라 해안경비대에 들켜 도망치는 와중에
위협사격이 아닌 물대포를 맞았을 뿐이라고 한다. 선주였던 도
시야의 아버지가 그를 구하기 위해 눈알이 튀어나올 만큼 막대
한 보석금을 내야 했다. 그 이후로 스토 가를 향해서는 잘 때
발도 뻗을 수 없다고 말하던 미쓰오 형은 그 발로 일주일에 세

번은 스토 가를 찾아와서 사람들과 어울려 공짜 술을 마셨다.

조금 전부터 조수석에 내려놓은 핸드폰이 울어대고 있었지만 속도위반 및 음주운전 단속 중인 다카하시 순경하고 눈이 마주치는 바람에 받을 수가 없었다. 나중에 살펴보니 아내 미레이였다.

"어디 있어?"

미레이가 물었다.

"역 바로 옆에서 신호 대기 중이야. 무슨 일 있어?"

"신문사 사람이 자기를 만나러 왔어. 얘기를 듣고 싶다면서."

"신문사에서 나를 만나러? 이름이 뭔데?"

"이름은 잊었지만 지난 번에 고래가 그물에 걸렸을 때 찾아온 그 기자야."

"아, 울버린." 하고 도시야가 말했다.

"울버린? 그런 외국인 이름이 아니었는데?"

"당연하지. 신카 씨의 링네임이야."

신카 히로키라는 붕고신보의 기자하고는 처음 만났을 때부터 마음이 잘 맞았다. 신문기자는 프로레슬링 팬이었다. 신문사 명함 외에 대학 시절 프로레슬링 동아리 때부터 쓰던 링네임을 찍은 명함을 가지고 있었다. 본업보다 더 화려하게 광택이 나는 종이에 둥그런 문자로, '울버린 신카'라고 찍혀 있었다.

"신카 씨 아직 그 부근에 있어? 금방 돌아갈 테니까 기다리라고 해."

"벌써 갔어. 형님한테 간다면서."

"형님한테? 왜?"

도시야는 놀랐다.

"그건 그렇고, 문병은 어떻게 됐어?"

"아, 그건 나중에 집에 가서 천천히 말할게. 잠깐 형한테 들러
봐야지."

"둘째 글러브는 샀어?"

"아, 잊어버렸네."

지역 중학교 야구부에 들어간 둘째는 장남이 물려준 글러브
를 쓰고 있었다. 그게 다 떨어져서 새로 사 주기로 했다. '동네'
스포츠 숍에 주문했는데 며칠 전에 도착했다는 연락을 받았
다. 문병을 하고 돌아가는 길에 찾아가겠다고 아내에게 말한 참
이었다. 도시야는 서둘러 전화를 끊었다.

히고 마코토의 집은 다카야마 해안 바로 곁에 있다. 정원을
나서서 2차선 도로를 건너면 문주란을 심은 화단을 끼고 높이
2미터 정도의 콘크리트 방파제가 나타난다. 그 건너편에 멀리
까지 얕은 바다가 펼쳐져 있다. 집 2층에서 해안선과 태평양을
내려다볼 수 있지만 히고 마코토가 2층으로 올라가는 일은 거
의 없었다. 지금은 1층 거실에서 옷도 갈아입지 않고 그냥 지낸
다. 눈을 뜨면 소주를 마시고 취하면 그냥 상에 엎드리거나 옆
으로 쓰러져 잠들었고, 다시 눈을 뜨면 몸을 일으켜 세워 앞

에 놓인 컵에 소주를 부어 다시 마셨다. 정원에는 풀이 자랄 대로 자랐고 오랜 세월 사용하지 않은 자동차 타이어는 녹색의 풀잎으로 덮였고, 차체는 바닷바람에 심하게 녹이 슬었다. 방파제를 따라난 길을 자전거를 타고 통학하는 아이들이 그 집을 '귀신 나오는 집'이라 부른다는 말을 도시야는 둘째 가이토에게 들어 알고 있었다. 잠기지 않은 현관 문을 열자 오래도록 환기를 하지 않은 집 특유의 곰팡이 냄새와 쉰 듯한 냄새가 코를 찔렀다. 도시야는 올 때마다 간단히 청소를 하고 쓰레기를 봉지에 담아 가지고 돌아갔다. 지금 옆으로 팔베개를 하고 쓰러진 소주병처럼 입을 반쯤 벌리고 낮게 코를 고는 히고 마코토가 그걸 알아차렸을 리는 없을 것 같았다. 소주병과 국물이 남은 컵라면 용기를 밀치고 히고 마코토의 머리 위를 넘어 부엌으로 갔다. 가스레인지 위에는 알루미늄 냄비가 하나 올려져 있었다. 이틀 전에 도시야가 가지고 온 것이다. 아내 미레이가 만들고 도시야가 가지고 온 정어리 졸임이었다. 냄비 뚜껑을 열었다. 조금은 먹은 것 같았다. 개수대에는 더러운 접시와 수저 따위가 놓여 있었다.

도시야는 쇼핑몰에서 산 소주병 두 개를 부엌에 내려놓고 거실로 돌아와 켜져 있던 텔레비전을 껐다.

"끄지 마." 하고 히고 마코토가 말했다.

"뭐야, 깨 있었네."

"끄지 마." 하고 히고 마코토가 거듭 말했다.

"안 보잖아."

"봐."

히고 마코토는 그렇게 말하면서 팔베개를 풀고 몸을 일으켰다.

"보고 있잖아. *끄지 마*."

헐렁한 잠방이에 하얀 내복 사이로 늘어진 갈색 피부의 여윈 손발이 튀어나와 있었다. 눈두덩이와 볼은 푹 꺼졌다. 히고 마코토는 눈을 뜨고 도시야를 바라보았다. 충혈된 커다란 눈알이 아래로 떨어질 것 같았다. 2년 정도 전에 위암수술을 받고부터 원래 여윈 사람이 이제는 피골이 상접한 모습이었다. 입원한 그즈음까지는 히고 마코토를 돌봐 주는 여자가 있었다. 그리 느낌이 좋은 여자가 아니라서 아무도 그 병원에 가려 하지 않았다. 도시야도 거의 문병을 가지 않았다. 히고 마코토는 퇴원한 지 얼마 되지 않아 사직서를 제출했다. 음주운전으로 몇 번이나 면허정지를 당하고 상습적으로 무단결근을 하는 히고 마코토를 진심으로 잡아 줄 기특한 사람은 없었다.

그의 아버지 미치오가 같은 마을에 살긴 하지만 인연을 끊은 상태였다. 쉰이나 될까 할 나이에 일을 그만두고 집에 틀어박혀 아침부터 밤까지 술만 마셔대는 아들에 대해 늙은 어부는 입버릇처럼, "저런 놈은 빨리 죽는 게 세상을 위해서라도 좋은 거야." 하고 말한다는 것을 도시야는 알고 있었다. 히고 마코토를 자주 찾아가던 하카타 사투리를 쓰는 기가 세 보이던 여자도 어느새 사라지고 없었다. 아마도 남자를 버렸을 것이다. 그렇게 히고 마코토는 혼자가 되었다. 기본적으로는 집에 틀어박혀 있지만 가끔 먹거리나 술을 사러 밖으로 나가긴 해야 한다. 술을 마신 채 운전을 한다는 말이 다카하시 순경 귀에 들어가기 전에 도시야는 히고 마코토의 자동차 키를 회수했다. 그래서 도시야가 쇼핑을 대신하게 되었다. 이걸로 하라면서 히고 마코토는 은행 카드와 통장을 도시야에게 건네주었다. 히고 마코토는 몰랐지만, 도시야는 그 돈에 손도 대지 않았다. 잔고를 보고는 도저히 그럴 기분이 나지 않았다. 그가 살아 있는 한 전기, 수도, 핸드폰 요금 따위가 빠져나갈 것이다. 거기에다 도시야가 모르는 갚아야 할 뭔가가 또 있을지도 모른다. 아내 미레이가 절대로 술을 마시게 해서는 안 된다고, 갑작스럽게 끊기가 힘들면 줄이기라도 해야 한다고 힘주어 말했지만 도시야는 남몰래 술을 날라다 주었다. 술이 없다고 미쳐 날뛰는 것이 두려워서가 아니었다. 슬펐기 때문이다. 즐거움이라고는 술 뿐이잖아, 부탁해, 제발 좀 사다 줘, 그렇게 간청하는 마코토 형을 보기가 괴로웠다. 그 누렇게 흐려진 눈이 이대로 죽게 해 달라고 도시야에게 하소연하는 것이었다.

"마코토 형."

도시야는 텔레비전 건너편에서 옆으로 누운 히고 마코토의 등을 향해 말했다.

"신문기자가 온다고 하는데, 마코 형이 불렀지?"

대답이 없었다.

"마코 형이 불렀지? 이번에는 뭐야? 외국인 건?"

히고 마코토는 다시 코를 골고 있었다.

지난밤엔 줄곧 함께였다. 히고 마코토에게서 전화가 왔다. 도시야는 식사를 끝내고 거실에서 야구 중계를 보고 있었다. 전화를 끊은 다음 청바지로 갈아입는 남편에게 미레이가 물었다.

"어디 가?"

"마코 형한테서 전화가 왔어."

"자경단……."

그러면서 어쩔 수 없다는 듯 미레이는 한숨을 내쉬었다.

이전에는 히고 마코토한테서 전화가 오면 아내는 노골적으로 불쾌한 표정을 지었다. 히고 마코토가 남편을 운전사로 부려 '시내'로 데리고 간다는 것을 알았기 때문이다. 도시야가 히고 마코토에게 휘둘리는 것도 싫었지만 마음 약한 남편이 유혹에 빠져 술을 마시는 것이 무엇보다 두려웠다. 그러나 히고 마코토와 술을 마시러 갈 때면 도시야는 한 방울도 마시지 않았다. 술의 유혹에는 빠지지 않았지만 다른 유혹은 떨쳐낼 수 없었다. 술에 취한 마코토 형하고 차에서 한숨 자고 왔다고 거짓말을 했다. 그리고 아리사와 몸을 섞었다. 히고 마코토만큼 마음을 푹 놓고 같이 놀 수 있는 남자는 없었다. 너무 취해서 자신이 무슨 짓을 했는지조차 기억하지 못하는 것이다. 말도 안 되는 사람으로 소문이 나서 아무도 그가 무슨 말을 하건 믿어 주지 않았다. 작은 언덕을 넘어 아무도 살지 않는 마을에 외국인들이 들어와 자리를 잡았다는 그런 쓸데없는 소리에 귀를 기울여 주는 사람은 없었다. 순찰을 돌아야지, 하고 제안을 해도 거기에 따라 줄 마음 좋은 사람(바보, 도시야의 형은 그렇게 말했다)은 이 부근에 도시야 정도였다.

물론 운전은 도시야 몫이다. 순찰을 돈다고는 하지만 정작 히고 마코토가 하는 일은 아무것도 없었다. 그냥 조수석에 앉아 있을 따름이다. 달밤이었다. 사람이 살지 않는 이웃 마을로 차를 몰아갔다. 달빛에 잠긴 폐허는 음침하면서도 아름다웠다. 사람들이 남긴 공허는 너무도 사소한 것이라 벌레나 개구리 울음소리가 이미 그것을 가득 채우다 못해 넘쳐 나고 있었다. 길가에도 빈집 정원에도 풀이 키만큼 자랐다. 풀에 가려진 채 녹슨 도로표시판은 요괴 아니면 우주인처럼 보였다. 밭은 거친 들판으로 바뀌었다. 풀잎이 달빛을 반사하며 은빛으로 빛났다. 도로 옆에서 갑자기 사슴 한 마리가 나타났다. 뿔은 없었다. 차를 천천히 몰아서 그런지 사슴은 도망치려 하지도 않았다. 클랙슨을 울렸다. 폐허의 구석구석을 가득 채운 달빛에 메아리치는 듯 소리가 격하게 울렸다. 그 울림에 한순간 세차게 울어대던 벌레와 개구리 울음이 끊어졌다. 그런 소리로 가득 찬 공허를 확 뒤집어엎고 세계의 살을 도려낸 것 같은 생생한 정적이 한순간 나타났다. 거기서 흘러나온 피인지 달빛인지, 젖은 듯 괴이쩍은 빛을 내뿜는 길을 건너 사슴은 유유히 건너편 풀숲으로 잠겨 들었다.

도시야는 조수석을 보았다. 히고 마코토는 자는 것 같지 않았다. 창을 내리고 밖을 바라보고 있었다. 친형보다 더 따르던 남자에게 도시야는 가르치듯이 말했다.

"마코 형, 외국인 같은 건 안 보이잖아."

그러나 히고 마코토는 대답하지 않았다. 궁하면 대답을 하지 않는 사람이다. 어릴 적부터 부모와 형들에게 욕을 먹고 두들겨 맞으며 자란 도시야는 어떤 종류의 침묵이 갑자기 물이 끓듯 폭력으로 변질하는지를 본능적으로 알았다. 그리고 히고 마코토의 침묵은 분명 그런 것이었다. 이러니 아내에게 버림받는 것이다. 그리고 딸과 아들도 만나지 못하고 있다. 이대로는 결코 딸과 아들을 만날 수 없을 것이다. 딸은 같은 여자라서 그런지 오로지 엄마 편만 드니 어쩔 수 없다 하더라도 아들은 나를 그리워 하는데, 만나고 싶어도 두 여자가 방해를 한다고 술만 취하면 히고 마코토는 늘 헤어진 아내와 가족에 대한 원망의 말을 늘어놓았다. 손재주 하나 빼고는 어디 하나 제대로 된 구석이 없는 도시야였지만 직감적으로 알 수 있었다. 이혼한 아내와 그 가족의 뜻보다는 아마도 아들 자신이 만나고 싶어 하지 않을 것이다. 자업자득이야, 마코 형. 그러나 도시야는 입을 다물었다. 히고 마코토가 격앙하는 모습을 보고 싶지 않았기 때문이다. 결코 두들겨 맞는 것이 두려워서가 아니었다. 벌레와 개구리가 이다지도 울어대는데, 그리고 이 떠들썩하고 힘찬 생명의 율동을 새기는 음악이 달빛에 비추어진 세계에 가득한데도 그 옆에 앉은 이리도 비쩍 마르고 보잘것없는 빈 공간조차 채울 수 없기 때문이다.

"마코 형."

도시야는 힘주어 말했다.

"있어."

공허가 울리는 소리였다. 가슴을 찌르는 듯한 슬프고 애달픈 소리였다. 도시야는 한숨을 내쉬었다.

"어디에?"

공허가 다시 한 번 부르르 떨었다.

"있어."

없어! 중얼거리듯이 내뱉고 도시야는 액셀을 힘껏 밟아 급발진했다. 이 마을에 외국인 같은 건 없어. 마코 형, 물론 외국에서 온 사람이 맞아, 하고 도시야는 생각했다. 소리 내어 중얼거렸는지도 모르지만, 엔진 소리와 시끄러운 생물들의 소리에 섞여 지워져 버렸을 것이다. 다음 날 아침 아직도 잠에서 깨어나지 못한 눈을 비비며 오이타 시의 대학병원에 문병을 가기 위해 집을 나선 도시야는 포구의 버스 정류장에 서있는 그녀를 발견하고 시내 쇼핑몰까지 태워 주었다. 그 사람은 히고 마코토가 말하는 그런 외국인이 아니라 야노 린메이라는 20대 여성이었다. 곶 두 개 건너편에 있는 오고 포구에서 화훼재배를 하는 기무라 다츠오와 야스코 부부의 집에 외국인 실습생으로 일하던 초 린메이는 기무라 부부의 조카로 지역의 우에다 건설에서 근무하는 야노 쇼타의 눈에 들어 그의 아내가 되었다. 그런데 결혼한 지 얼마 되지 않아 우에다 건설은 파산하고 말았다. 지역에는 일할 자리가 없어 쇼타는 돈을 벌러 외부로 나갈 수밖에 없었다. 그즈음 린메이는 아기를 가졌다. 임신한 몸으로 불쌍하게도. 그런 애달픈 이야기는 이 부근 사람이라면 누구든 알고 있었다. 백보를 양보해서 린메이가 외국인일지 모르겠지만 사람들이 떠난 마을 어딘가에 스며들어 빈집을 차지하고 살아간다고 히고 마코토가 집요하게 주장하는 외국인들—그런 외국인이 어디 있다는 거야, 마코 형?—가운데 한 사람은 아니었다.

사람들이 모두 떠난 마을을 벗어나 파란 이파리와 그 틈새에 달라붙은 어둠으로 무거워진 나뭇가지가 아래로 늘어진 구불구불한 길을 빠져나와 해안 도로로 나서자 도시야는 차를 세웠다. 달빛 아래 백사장에 사람의 모습이 보였다. 대시보드의 시계를 보니 새벽 1시가 가까웠다. 이런 시간에 백사장을 거니는 사람은 사랑하는 연인들 뿐일 것이다. 바다거북이 알을 낳으러 오는 아름다운 백사장으로 유명한 해안이었다. 낭만적인 밤을 보내려고 외지에서 연인들이 찾아온 것인지도 모른다.

그러나 자세히 보니 모두 남자들이었다. 차림새로 보아 젊은이 같았다. 셋이었다. 하나는 백사장에 큰대자로 누워 있고 하나는 두 다리를 펴고 앉은 채 어두운 바다를 바라보고 있었다. 하나만 일어서서 바다 쪽으로 천천히 걸어가고 있었다. 그 젊은이의 발 아래서 뭔가가 움직이고 있었다. 달에서 떨어져 내리는 빛을 받으며 등껍질의 곡선이 움직이고 있었다.

"바다거북이네!"

도시야가 말했다. 그리고 조수석의 히고 마코토를 보았다. 목소리를 높였다.

"마코 형, 바다거북이야!"

바다거북의 산란이 지방 방송국의 뉴스로 흘러나온 이후로 한 때는 숙박객들이 바다거북 이야기만 한다고 민박집 야마토를 경영하는 나가세 스구로가 말한 적이 있었다. 바다거북은 네 발로 지면을 밀며 바다로 향하고 있었다. 바다거북은 무사히 산란을 끝냈을까. 저 세 사람은 바다거북의 산란을 보았을까.

"마코 형, 바다거북이야!"

그러나 히고 마코토는 대답이 없었다. 백사장 반대편에 있는 바닷가의 집 주차장을 바라보고 있었다.

"마코 형!"

히고 마코토의 아이들이 어릴 적에 몇 번 아버지의 집에서 여름을 보낸 적이 있었다. 히고 마코토를 쏙 빼닮은 영리해 보이는 여자애와 아마도 어머니 쪽을 더 많이 닮은 듯 얌전해 보이는 남자애. 히고 마코토가 두 아이를 데리고 몇 번 도시야의 집에 놀러 온 적이 있었다. 여자애는 도시야의 딸들과 금방 사이가 좋아졌다. 남자애가 동물을 좋아해 히고 마코토가 읍내의 책방에서 도감을 사 주었다는 말을 듣고, 도시야는 형 하루

도시의 집에 그 아이를 데리고 갔다. 형 집에는 오골계와 금계 그리고 공작이 있었다. 도시 아이라 아마도 즐거워 할 것이라 생각했던 것이다. 그런데 정원에 풀어 놓고 키우는 싸움닭을 보고는 겁을 먹고 다가가려 하지 않았다. 그보다 어린 도시야의 아이들과 형 집의 장남이 자신들과 키도 비슷한 싸움닭 곁을 아무렇지도 않게 걸어가서 닭장 안에 들어가 오골계 알을 꺼내는 것과는 대조적이었다. 금계와 공작이 든 우리는 형의 명령으로 도시야가 만든 것이었다. 작은 다리가 걸린 정원의 연못 곁에 쭈그리고 앉아 금방이라도 울음을 터뜨릴 것 같은 물에 비친 아이의 얼굴이 혹시 먹이라도 줄까 하고 모여든 커다란 비단잉어의 입질에 폭폭 무너지고 있었다. 그 남자애를 바다거북의 산란을 보여주려고 백사장으로 데리고 갔다고 히고 마코토는 말했었다. 도시야 자신도 몇 번이나 자신의 아이들과 같이 산란 장면을 본 적이 있었다. 부화한 작은 새끼 거북들이 파도 저편으로 나아가는 모습을 보기도 했다. 히고 마코토가 아들에게 산란을 보여주었는지에 대해서 물어보지 않았다는 사실을 도시야는 떠올렸다. 파도 소리가 귓가에 다가왔다. 바닷가로 손전등을 비추자 부서지는 파도가 하얗게 춤추며 무너지는 모습이 보였다. 어미 거북이 그 빛 속에 드러났다가 사라졌다. 달이 흘리는 눈물 같은 빛에 젖은 채 바다거북의 뒤를 따르던 젊은이가 물가에서 다른 두 친구에게로 돌아가는 모습이 보였다.

다음 날은 아침부터 외출을 해야 하는 터라 사실은 빨리 집에 돌아가서 자고 싶었다. 그러나 결국 '순찰'이란 걸 돌고 히고 마코토를 집까지 바래다 주고 보니 새벽 2시가 넘었다. 도시야는 아침 6시에 집을 나섰다. 그리고 버스정류장에서 야노 린메이를 만나 차에 태워 주었다. 히고 마코토는 린메이가 바로 빈 마을에 자리를 잡은 '외국인'이라고 집요하게 주장했다. 만일 외국인을 보면 알려 달라고 했다. 실제로 몇 번이나 경찰서에 전화를 하기도 했다. 어떻게 좀 할 수 없을까요, 사장님, 하고 다카하시 순경이 형을 찾아와 곤혹스런 표정으로 의논한 적도 있었다. 경찰이 움직이지 않는다는 것을 안 히고 마코토는 신문사에 전화를 걸었다. 도시야는 아내의 말이 마음에 걸렸다. 붕고신보의 울버린 신카가 왔다고 한다. 설마 히고 마코토의 말이 사실인 줄 알고 취재를 하러 온 건 아닐 테지. 그러나 히고 마코토가 신고하는 내용은 불법체류 외국인에 대한 것만은 아니었다. 이번에도 또 히고 마코토가 전화로 뭔가를 말하고 거기서 독자의 눈길을 끌 만한 기삿거리를 울버린이 냄새 맡았을지도 모른다.

도시야가 일하는 도시나가 수산의 정치망에 어미 고래와 새끼가 한꺼번에 걸렸다는 사실을 붕고신보에 제보한 것도 히고 마코토였다. 그리고 애초에 백사장에서 히고 마코토에게 전화로 그 사실을 알린 것은 도시야였다. 그 이후에 일어난 약간의 소동 때문에 도시야는 도시나가 수산 사장인 형 하루도시한테 엄청 야단을 맞았다. 그러나 사실 그것은 도시야의 탓이 아니었다. 누가 나쁜 놈인지 범인을 찾는다면 그건 분명 울버린 신카였다.

뭍으로 올라온 고래 두 마리가 어미와 새끼인지는 알 수 없었다. 다만 종류가 같고 크기가 다르니까 어미와 새끼일 것이라고 어부들은 판단했다. 한 마리는 8미터 정도이고 다른 한 마리는 3미터 정도 될 것이다. 고래가 정치망에 걸리는 건 그리 드문 일이 아니었다. 그러나 어미와 새끼 두 마리가 한꺼번에 걸린 적은 여태 없었다. 큰 고래의 몸에는 수많은 상처가 나 있었다.

그것을 보고 요시다 미쓰오 형이 감탄하며 말했다.

"새끼가 먼저 그물에 걸린 거야. 자식을 구하려고 어미가 그물을 들이받으며 몸부림친 거지."

거기 있던 어부들 가운데 고래의 성별을 감별할 만한 사람은 없었지만 도시야를 포함해서 모두가 미쓰오 형의 말에 감동하며 깊이 고개를 끄덕였다.

"고래란 놈은 정말 영리하니까."

"정도 깊고……."

"인간하고는 달라서 자식을 버리지 않아. 목숨을 걸고 자식을 지키는 거야."

그렇게 말하면서 미쓰오 형은 손으로 허공을 긁으며 몸을 떨었다. 정치망에서 있는 힘을 다해 빠져나오려는 어미 고래의 몸짓을 흉내 내는 것 같았다. 미쓰오 형의 흉내는 그렇다 치고 그 말이 도시야의 가슴을 울렸다. 저도 모르게 호주머니에서 핸드 폰을 꺼내 히고 마코토에게 전화를 걸었다.

그런데 점심때쯤, 마침 고래를 해체해 도시나가 수산의 바닷 가에서 고래고기 찌개를 먹으려 할 때, 회사 사무실 앞의 도로 곁에 처음 보는 차가 한 대 멈춰 섰다. 탁, 기세 좋게 문을 닫으 며 가로 줄무늬의 양복을 걸친, 올백에다 몸가짐이 단단해 보이 는 남자가 나타났다. 차에서 내릴 때의 움직임, 그리고, 어이! 하고 백사장에서 냄비를 둘러싼 어부들에게 손을 드는 몸짓에 서 도시야는 어떤 데자뷰를 느꼈다. 그리고 남자는 역광을 받 은 것도 아닌데 금속 안경테 뒤의 눈을 가늘게 뜨고 팔짱을 낀 채 턱을 괴고 있던 손을 들어 엄지와 검지로 총 쏘는 시늉을 하며, 김이 무럭무럭 피어오르는 냄비를 향해, "벌써 메인 이벤 트를 시작하셨구만." 하고 낮은 목소리를 뱉어냈을 때, 차에서 내리면서 이 남자가 보인 행동이 로프를 걷어 올리며 링 위로 올라가 인사를 하고 손날로 허공을 내려치는 움직임과 똑같다 는 것을 깨달았다.

"당신 누구?"

요시다 미쓰오 형이 물었다.

"붕고신보의 신카라는 사람입니다."

남자는 무슨 영문인지 몸을 굽히고 팔짱을 끼더니 스윽 등 을 펴고 목만 정면으로 향하며 대답했다.

"신문기자는 과연 귀신 같은 귀를 가졌구만." 하고 미쓰오 형이 놀란 목소리로 말했다.

기자는 미쓰오 형 곁에 앉은 도시야의 형과 고참 어부들에게 명함을 건네며 인사를 했다. 미쓰오 형이 도시야의 옷자락을 끌어 기자에게 소개했다.

"이 친구가 부사장 도시야라오."

"처음 뵙겠습니다."

기자는 스윽, 그러나 언제든 거두어들일 수 있도록 자세를 취한 채 손을 뻗어 도시야의 손을 가볍게 잡았다.

"죄송하네요. 명함이 다 떨어지고 말았네요."

"괜찮아, 괜찮아. 나도 안 가지고 있는데 뭐. 형이 받았으면 됐지 뭐, 난 괜찮아. 난 이름만 부사장이니까." 하고 도시야는 말했다.

"아뇨아뇨아뇨. 괜찮으시다면 이쪽 명함으로." 하며 기자는 색채 화려한 명함을 내밀었다.

"내용은 기본적으로 똑같아요."

거기에는 '붕고 프로레슬링협회 회장 울버린 신카'라 적혀 있었다.

"울버린? 그거잖아, 미국 영화에 손에서 칼 같은 게 튀어나오는 놈 있잖아. 반칙이야. 그렇다면 기자 양반은 반칙왕이란 거네. 흉기로 공격해?"

"반칙왕이라고요? 어허 참 어허 참. 그럴지도 모르겠네요."

팔짱을 낀 채 어깨를 치켜세우고 울버린 신카는 대답했다.

"울버린이란 외국에 사는 작은 맹수를 가리키는 말입니다."

"그렇다면 자네의 특기가 이빨로 무는 공격인가?" 하고 도시야가 물었다.

왓하하하하, 하고 울버린은 아랫배에서 나오는 굵직한 소리로 웃어젖혔다.

"난 어느 쪽이냐 하면 관절기를 주특기로 하지요. 이 링네임은 어디까지나 저널리스트 영혼의 발현입니다. 한번 물면 절대로 놓지 않지요. 어흥!"

그렇게 울부짖더니 울버린은 갑자기 도시야에게 팔 꺾기 기술을 넣는 시늉을 했다.

도시야는 크게 웃었다.

"당신, 정말 재미있는 사람이네……."

한번 물었다 하면 절대로 놓지 않는다는 저널리스트의 혼은 어디로 가버렸는지, 결국 울버린은 취재 같은 건 하지도 않았다. 아니, 그렇지 않다. 말 그대로 물긴 물었다. 백사장에 모인 사람들과 같이 고래고기를 맛본 다음 이번에는 도시야의 형 집 큰 거실에서 술판이 벌어지고, 애써 오이다 시에서 여기까지 오신 분을 위해서라며 어부의 부인들이 만들어 준 향토요리를 배 터지게 먹고 소주를 한껏 들이키고는 해롱해롱 취해 버렸다.

"배가 터질 것 같아서 더는 먹지 못해요. 링 아웃, 졌어요." 하고 외치더니 벌러덩 도시야 옆으로 쓰러지고 말았다. 결국 그냥 그대로 하룻밤을 자고 다음 날 아침 형 집에서 아침을 먹고 형 부부에게서 정어리와 꼬치고기 말린 것에다 방어 따위를 한 아름 선물로 받아서는 오이다 시로 돌아갔다.

도시야의 형도 붕고신보를 구독하고 있었다. 아무리 빨라도 다음 날 신문은 무리라고 생각했는데, 이틀이 지나서도 기사는 나지 않았다. 형 하루도시의 집에 모인 어부들은 배가 터지게 먹이고 선물까지 잔뜩 안겨 보낸 하루도시의 통 큰 처신을 안주 삼아 술을 마셨다. 그놈 사기꾼, 가짜 신문기자였어, 잘도 속아 넘어간 거야.

진짜 진짜 반칙왕이라고 도시야는 생각했지만 거기에 대해서는 아무 말도 하지 않았다.

그런데 사흘째 아침에 기사가 났다. '정치망에 어미 고래와 새끼'라는 제목과 고래가 이미 죽어 있었다는 사실을 알리는 것까지는 좋았지만, 그다음이 문제였다. 어부들이 그 고래를 먹어치웠다고 쓴 것이다. 빙 둘러앉아 찌개 국물을 마시는 사진까지 실어 두었다. 그것은 모두 사실이었고, 기사를 읽으면서, 그럼, 그럼, 그랬었지, 맛있었어, 하고 도시야를 비롯한 어부들은 만족스럽게 고개를 끄덕였는데, 그날 아침부터 반포경단체와 동물애호단체에서 정치망 소유자인 도시나가 수산에 항의하는 전화가 끝도 없이 걸려 왔다. 하루아침에 회사와 이 지역사회의 평판이 나빠지고 말았다. 누가 그런 놈을 불러왔느냐며 범인 탐색작업이 시작되었다. 진실을 알릴 수도 없고 해서, 도시야는 자신이 알렸다고 자백할 수밖에 없었다.

"네 놈이 쓸데없는 짓을 하니까 그런 거야!"

도시야는 나이도 먹을 만큼 먹어서 오랜만에 형에게 욕을 먹고 주먹으로 머리를 맞았다. 그러나 형도 때리는 게 오랜만이라서 그런지 오른손목에 찬 롤렉스 시곗줄로 도시야의 이마를 찢어놓고 말았다. 발 아래로 핏방울이 뚝뚝 떨어졌다. 형의 폭력에는 면역이 생긴 상태였다. 옛날부터 형에게 거역하지 않는 성격이라 싸움으로 번지지는 않았다.

도시야는 도시나가 어전에 들렀다. 그러나 집 앞 도로에도 주차 공간에도 울버린의 차는 없었다. 자갈 밟는 소리를 내며 커다란 소나무 옆을 지났다. 현관은 잠겨 있지 않았다. 무거운 문을 끌어당겨 열었다. 현관 신발장 위에는 날개를 펼친 독수리 박제가 놓였는데, 죽은 날짐승인 줄 뻔히 알고, 또 자신을 노려보는 눈이 유리알에 지나지 않는다는 것을 알면서도 지금 대좌의 나뭇가지를 거머쥔 날카로운 발톱과 부리가 자신의 눈알을 쪼아버릴 것 같은 두려움에 사로잡혔다.

그때 타닥타닥 복도를 밟는 소리가 났다. 형 하루도시의 장남 히데토시였다.

"아, 도시야 삼촌."

히데토시는 고등학교 3학년이었다. 아버지도 어머니도 자그만 몸집인데 키가 벌써 180센티미터를 넘었고 이 지방 인문계 고등학교에서 럭비 선수로 활약하고 있다. 짧은 바지에 티셔츠 차림으로 목에 수건을 둘렀고 머리카락이 젖어 있었다. 아버지와 닮지 않아(도시야는 그렇게 생각했다) 상냥한 성격이었다. 옛날부터 도시야를 잘 따랐고 도시야의 자식들과도 사이가 좋았다. 성적이 좋아서 이대로만 가면 추천으로 게이오 대학에 갈 수 있을 것이라고 도시야에게 밝은 표정으로 말했다. 도시야의 집에 와서 텔레비전으로 와세다게이오 럭비전을 볼 때는 늘 와세다 대학을 응원하는데 왜 게이오 대학에 가려 하는지 도시야는 이해할 수 없었다. 그러나 조카가 가업을 이을 마음이 없다는 건 알고 있었다. 조카는 보다 안정된 직업을 가지고 싶은 듯 공부는 나 몰라라 하고 오로지 야구에만 정신이 팔린 사촌 동생들, 다시 말해 도시야의 두 아들에게 고등학교를 졸업하면 도시나가 수산에 들어가라고 열심히 권했다. 도시야는 조카의 장래희망에 대해서 잘 알면서도 그것을 입 밖에 내지 않았다. 형 하루도시는 어렴풋이 그런 뜻을 파악하고 있었고, 3대째에 이르러 명문 게이오 대학 출신이 나올 가능성에 대해 그리 기뻐할 수만은 없었던 듯 최근에는 어부에게 학력 같은 건 필요 없다면서 하나뿐인 아들을 열심히 설득하려고 했다.

"아무리 명문대학이라고 해도 어부가 도쿄에서 대학 같은 데 다녀서 뭐해. 히고 마코토 같은 인간이 되고 말아!"

이것이 자신의 형인가 생각될 만큼 서글프기도 하고 이런 아버지를 가진 조카 히데토시가 불쌍하기도 했다. 그러나 그물

수선 말고는 봐 줄 데가 없는 도시야가 보통 이상의 가정을 꾸리고 보통 이상의 생활을 할 수 있는 것도 모두 형 덕분이고 이형의 동생이기 때문이다. 형에 대해서는 할 말이 없었다. 그걸 잘 아는지 조카는 아버지와 의견이 맞지 않을 때도 아무 힘이 없는 삼촌을 변함없이 대해 주었다. 그것이 미안했다.

"히데, 형님은…… 아버지 계셔?"

"없는 것 같은데요. 나도 방금 운동을 하고 돌아와서 샤워를 한 참인데."

그렇게 말하면서 조카는 수건으로 머리를 닦았다. 부풀어 오른 팔뚝 근육이 꿈틀꿈틀 생물처럼 움직였다. 튼실한 몸이었다. 그래도 조카는 자신의 턱 아래밖에 오지 않는 아버지를 몹시 무서워했다. 초등학생 때는 매일 도시야의 집에 놀러와 도시야의 아들과 플레이스테이션을 했다. 집에서 전화가 와도 돌아갈 생각도 하지 않고 도시야 집에서 저녁을 같이 먹었다. 걸어서 10분도 걸리지 않는 거리였지만 어머니가 차로 데리러 올 때까지 도시야의 집에서 숙제를 하고 도시야의 가족과 어울려 텔레비전을 보았다. 도시야의 아들들은 리모컨 쟁탈전을 벌이기도 하고 소파에서 앉는 위치로 싸우기도 하는데, 그럴 때면 반드시 누군가가 울었다. 아내 미레이가 주의를 주었지만 도시야 자신은 어지간한 일이 아닌 한 절대로 간섭하지 않았다. 조카는 도시야의 딸들이나 아들들을 부러운 듯이 바라보며 자주 이런 말을 했다.

"나도 삼촌 집에서 태어났으면 좋았을 텐데……."

도시야는 형 하루도시가 걸핏하면 아들에게 손을 댄다는 것을 알았다. 그것은 도시야 자신이 직접 체험한 일이기도 했다. 도시야를 가장 많이 때린 것은 바로 위 둘째 형이지만, 큰형 하루도시도 화를 내면 누구보다 무서웠다. 아직도 무의식적으로 기분을 상하게 하지는 않을까 눈치를 보는 자신을 느끼고 있다. 도시야는 맞는 게 싫었기 때문에 자신의 자식에게는 절대로 손을 대지 않았다. 그런데 장남으로서 아버지에게 가장 큰 기대를 받고, 그런 만큼 아버지의 폭력을 가장 많이 받으며 자란 형이 왜 하나뿐인 아들을 나무랄 때 손을 대고 때로는 발로 차기도 하는지, 도시야는 도무지 이해할 수 없었다. 몇 번이나 넌지시 그러지 말라고 부탁해 보았지만 그럴 때마다 일거에 거부당했다.

"그러니까 넌 안 되는 거야. 제대로 일을 못하는 이유도 거기에 있어."

그러면 바로 꼬리를 내려 버리고 마는 것이 도시야였다.

삼촌이 아빠한테 말할 테니 걱정하지 마, 왜 사랑스런 조카에게 그런 말을 해 주지 못하는가. 그 대신에 도시야는 조카와 둘이서 있을 때면 슬쩍 지나가는 말로 이렇게 말하곤 했다.

"삼촌이 이렇게 그럴 듯한 생활을 할 수 있는 것도 다 히데짱의 아버지 덕분이야."

그런 말밖에 할 수 없었다.

"삼촌처럼 별 볼일 없는 사람이 되어서는 안 돼."

자신이 통과해 온 그것과 똑같이 혐오스런 경험으로 고통 받는 아이에게 그것 말고는 해 줄 말이 없는 인간이었다.

"어디까지 달렸어?"

"구보우라까지."

"좋은 운동이 되겠어."

구보우라는 지난밤 도시야가 히고 마코토와 순찰을 돈 곳이다. 사람이 살지 않는 작은 포구 마을이었다. 거기까지 가려면 작은 고개를 하나 넘어야 한다. 심한 비탈이 이어지는 길이다.

"처음 보는 사람들이 있었어요." 하고 조카가 말했다.

도시야는 퍼뜩 제정신이 들었다.

"낯선 사람? 외국인인가?" 하고 도시야가 물었다.

"외국인?"

"아니, 아니, 아무것도 아냐."

조카 얼굴에 떠오르는 의구심을 느끼고 도시야는 말을 바꾸었다.

"처음 보는 사람이라고?"

"대학생 같았는데, 셋이었어요. 그렇지만 지금 시기에 대학은 아직 방학이 아니잖아요……?"

"젊은 사람 셋……."

도시야는 중얼거렸다.

"뭘 하려는 걸까, 아무도 없는 그런 곳에서? 히데 짱, 얘기 좀 해 봤어?"

"아뇨." 하고 조카를 고개를 저었다.

"달리는 도중에 길가에서 그냥 보았을 뿐이니까 잘 모르겠어요. 풀숲에 차를 세워 두고 셋이서 그냥 서 있었어요."

"가서 보고 올까?"

도시야는 조카에게 잘 있으라는 말을 남기고 다시 차에 올라탔다.

해안선을 따라 난 길을 달리는데 방파제가 끝날 즈음의 도로 곁 공터에 본 적이 있는 차가 멈추어 있어 거기에 차를 댔다. 그 차 뒷좌석 창에는 스모 시합의 대진표에 선수 이름을 적어 넣는 그런 글씨체로 'BPA'라는 스티커가 붙어 있었다. '붕고 프로레슬링협회'의 약칭이다. 방파제를 바라보니 아침 작업을 끝내고 돌아온 어부들이 풍로를 둘러싸고 녹슨 파이프 의자에 앉아 컵을 든 채 이야기를 나누고 있었다. 거기에 양복차림의 뒷모습이 하나 보였다. 요시다 미쓰오 형이 소주를 그 남자의 글라스에 붓고 있었다.

"울버린!"

그 목소리에 남자는 벌떡 일어서서 마치 가라데 수도를 한방 먹은 사람처럼 몸을 뒤로 젖히며 돌아보았다.

"오옷! 스토 부사장님! 반갑습니다!"

잘 돌아가지 않는 혀를 힘으로 억누르는 듯한 어투였다. 완전히 맛이 가서 간단히 폴승을 거둘 수 있을 것 같았다. 균형을 잃고 파이프 의자 등받이를 한 손으로 붙잡았다. 몇 가닥이 이마로 흘러내린 올백에다 착 가라앉은 눈에 잔뜩 긴장한 듯한 표정이 금방이라도 의자를 집어 들고 장외 난투를 벌려 시합을 무효로 이끌려는 듯했다.

"아, 도시야."

요시다 미쓰오 형이 소주병을 들면서 말했다.

"자네도 한잔?"

"됐어요, 미쓰오 형. 운전해야 하니까요."

그런 다음 울버린에게 물었다. 왠지 입안이 좀 말라 버린 것 같은 기분이었다.

"오늘은 무슨 일이야? 무슨 취재 건이라도 있어?"

외국인.

도시야는 귀를 의심했다. 그러나 울버린은 이미 의자에 눌러붙어 고개를 푹 떨구고 있었다. 자칭 레슬러이기도 한 신문기자의 목은 너무 가늘고 약해 보였다. 그 목이 갑자기 벌떡 일어섰다. 울버린은 손을 가슴주머니에 집어넣더니 핸드폰을 꺼냈다. 귀에 핸드폰을 댄 채 몇 번 고개를 끄덕이더니 일어섰다. 발걸음을 옮기려 하는데 백드롭 아니면 풍차돌리기에 걸렸다 나온 사람처럼 비틀거렸다. 도시야는 재빨리 다가가 몸을 잡아 주었다. 빙 둘러앉은 사람들이 소리 없이 웃었다.

"죄송함다."

도시야의 귓가에 뜨거운 입김이 닿았다.

"갑자기 오이다로 돌아가야 할 용건이 생겨서요."

"자네, 이렇게 취해서 운전할 수 있겠어?"라고 도시야가 물었다.

"잠시 쉬면서 술기운을 빼야지."

"그럼, 그럼." 하고 요시다 미쓰오 형이 말하자, 살짝 취기가 오른 어부들도 그렇다며 고개를 끄덕였다.

"이렇게 술을 먹이면 어떡합니까." 하고 도시야가 말했다. 남자들은 아무 말도 하지 않고 소주를 들이켰다.

도시야는 그로기 상태에 빠진 울버린을 의자에 앉혔다.

죄송합니다.

또 소리가 났다. 도시야는 대체 무슨 일인가하고 돌아보았다. 그 목소리의 주인공이 눈에 들어왔다. 고갯길로 이어지는 마을 회관 길에 젊은이 셋이 서 있었다. 그 가운데 누군가의 목소리였다. 어젯밤 백사장에서 본 젊은이들이었다. 그리고 아마도 사람이 살지 않는 구보우라에서 조카 히데토시가 목격한 것도 이 세 명일 것이다. 꽤 피곤한 모습이었다. 머리카락은 흐트러지고 티셔츠의 겨드랑이와 가슴 쪽에 땀이 배어 있었다. 팔와 목덜미를 벅벅 긁어댔다. 얼굴도 벌레에 물려 하나는 눈두덩이가 빨갛게 부풀어 올라 있었다. 걸어서 고개를 넘어온 듯했다.

"어, 자네들인가. 무슨 일이야?"

요시다 미쓰오 형이 친절한 어투로 말을 걸었다.

"미쓰오 형, 알아?"

도시야는 놀란 표정으로 물었다.

"도쿄에서 온 대학생들이야. 여행을 왔다누만. 어제 방파제 부근에서 만나 잠시 이야기를 나누었지. 지난번 고래 기사도 본 모양이야." 하고 미쓰오 형은 울버린 쪽을 바라보았다.

"자네가 쓴 그 기사 말이야. 도쿄 사람들까지 읽게 하고, 정말 대단해."

울버린은 벌떡 고개를 치켜들더니 손가락을 세워 보이지 않는 적을 향해 찔렀다.

"우리는 전국지의 개밥이 아니란 말이야!"

그렇게 소리치는가 싶더니 바로 고개를 푹 꺾고 의식을 잃어버린다.

"죄송해요." 하고 젊은이 하나가 요시다 미쓰오 형에게 말을 걸었다. 키는 크지만 어깨도 좁고 허리도 가늘어 아주 빈약해 보였다. 긴 머리카락이 어지럽게 얼굴을 가리고 있었다. 자신의 아들도 대학생이 되면 이렇게 되나 하고 생각하니 도시야는 혐오감이 일었다. 어디선가 본 적이 있는 얼굴이었다.

"무슨 일이야?"

"저……급한 일이 있어서 빨리 도쿄로 돌아가야 하는데요. 전화가 와서요."

그러면서 젊은이는 핸드폰 든 손을 얼굴 앞으로 들어올렸다.

"그런데, 저, 렌터카로 여기까지 오긴 했는데 고장이 나서요……."

"고장?"

미쓰오 형이 물었다.

"풀숲에 들어갔다가 구덩이에 빠졌는데 차가 움직이지 않아서요."

그렇게 말하고 젊은이는 뒤를 돌아보았다. 친구 둘도 곤혹스런 표정으로 고개를 끄덕였다.

"자네, 우리 어디선가 만난 적 있던가?"

그 물음에는 대답하지 않고 젊은이는 하소연하듯이 말했다.

"저, 빨리 도쿄로 돌아가야 하는데, 정말 죄송하지만 사이키역까지 좀 바래다 주실 수 없을까요?"

"아까 버스 정류장에서 시간표를 보니 다음 버스는 1시간 반이나 기다려야 해서……. 그래서 핸드폰으로 조사를 해 봤더니 지금 차를 타고 달리면 다음 특급열차를 탈 수 있거든요." 하고 자그만 몸집에 몸이 가는 다른 젊은이가 말했다. 홀로 염색을 하지 않은 검은 머리 젊은이가 다른 두 청년의 말을 응원이라도 하듯이 깊이 고개를 끄덕였다.

"아, 그것 참 편리하네. 그걸로 시간표까지 조사할 수 있다니." 하고 미쓰오 형이 감탄한 듯이 말했다.

"그런데 왜 급하게 돌아가야 하는데?"

"저, 어머니가 지금 입원 중인데 갑자기 상태가 나빠졌다고, 아까 전화로……."

"안 좋아?" 하고 도시야가 물었다. 목이 갑자기 막혀 말이 제대로 나오지 않았다.

"예?"

"아주 안 좋으냐고." 하고 도시야가 다시 물었다.

"예."

젊은이는 고개를 끄덕였다. 초조해서인지 눈가에 깊은 그늘이 졌다.

"괜찮다고 그랬는데……."

"그럼 빨리 어머니에게 가야지! 자네, 전차 같은 느린 걸 탈때가 아냐. 비행기로 가, 비행기. 도시야, 공항까지 바래다줘."

"그렇지만 비행기값이 없어서……." 하고 젊은이는 곤혹스런 표정으로 말했다.

"신간선 타도 별반 차이 없어." 하고 자그만 젊은이가 끼어들었다.

"이렇게까지 말씀해 주시는데 공항까지 타고 가자."

"걱정하지 마. 비행기값 정도는 빌려줄 수 있어." 하고 도시야가 말했다.

"나중에 갚아주면 되지. 자, 타."

"그럼, 그럼." 하고 미쓰오 형이 말하자, 둘러 앉아 소주를 마시던 햇볕에 그을린 어부들도 제각기 고개를 끄덕였다.

"어차피 오이타 시를 빠져나가야 하니까 이 놈도 데리고 가."

앉은 채 잠들어 버린 울버린의 어깨에 손을 올리고 미쓰오 형이 말했다. 물론 농담이었다. 울버린은 뭐라고 투덜거렸다.

"네버 기브 업."

그런 말을 하는 것 같았다. 도시야는 고개를 저었다.

"울버린한테는 두 손 들었어."

울버린에 대해 말한 건지 히고 마코토에 대해 말한 건지, 도시야 자신도 알 수 없었다. 빙 둘러앉은 남자들은 생각에 잠긴 것 같기도 하고 은근한 미소를 머금은 것 같기도 한 표정으로 입을 꾹 다문 채 제각기 자신의 마음속을 들여다보는 듯한 동작으로 소주를 마시고 있었다. 초조한 얼굴에 조금이나마 안도의 빛을 되찾은 젊은이들을 향해 손짓을 한 다음, 도시야는 차쪽으로 걸어갔다.

그날 아침, 외국인, 즉 야노 린메이를 태워 주었던 버스 정류장에 버스가 멈추어 선 것이 보였다. 원래 관광버스로 사용하던 차량을 노선버스로 재활용한 것이라 많은 사람을 태울 수 있다. 그래서 승객이 적은 만큼 늘 적적해 보인다. 정차했다는 것은 타는 사람이나 내리는 사람이 있다는 말이다. 지나치면서 누군가 하고 살펴보았지만 보이지 않았다.

"버스에서 내린 사람 중에 젊은 여자가 있었어? 배가 불룩한?"

조수석에서 장딴지와 두 팔을 연신 긁어대는 젊은이에게 도시야가 물었다.

"못 봤는데요……."

왜 그런 걸 붇는지는 모르지만 젊은이는 도시야의 말을 알아듣는 것 같았다. 다른 두 젊은이가 도시야와 어부들의 심한 사투리에 눈을 아래위로 데굴데굴 굴리는 것하고는 대조적이었다. 말의 울림에 민감한 귀를 가진 사람이 있다. '시내'의 술집에서 일하는 아리사도 야노 린메이도 그런 감도가 좋은 귀의 소유자였다(아리사는 다른 것도 감도가 좋았다). 쇼핑백을 들고 무거운 배를 끌어안은 야노 린메이가 버스 정류장에 내려서는 모습을 상상해 보았다. 그 뱃속에서 나올 아이는 지금 도시야의 장녀 마오의 배에 든 아이와 동급생이 될 것이다. 태어날 두 아이가 사이좋게 지내면 좋으련만. 도시야는 마음속으로 그렇게 바랐다. 도시야가 그날 아침부터 오이타의 대학병원에 문병하려 했던 도기라는 친구는 유치원에서 고등학교 때까지 함께했다. 그런데 사이가 좋았다고 할 수 있을까. 도기는 동작이 굼뜨고 뭘 해도 서투른데다 공부도 잘하지 못했다. 괴롭힐 생각은 애당초 없었지만, 자신의 형들에게 당했던 그런 짓을 도기에게 하지 않았다고 한다면 그건 거짓말이 될 것이다. 다만 도시야와 달리 도기는 저항하지 않았다. 뭐든 시키는 대로 했다. 그래서 "머리가 비었어."라며 다들 바보 취급했다. 한번은 도기에게, "운동장을 천 바퀴 돌아! 천 바퀴 다 돌 때까지 집에 가지마!" 하고 아주 위세를 부리며 명령했다. 둘째 형조차 도시야에게 그런 말도 안 되는 벌을 내리는 법은 없었다. 설령 그런 명령을 내렸다 하더라도, 또 두들겨 맞아 우는 한이 있어도 도시야는 달리지 않았을 테고, 달리는 척하다가 형의 기분이 어떻게 바뀌는지 눈치를 살펴 그만두었을 것이다. 애당초 도기가 벌을 받을 만한 짓을 도시야에게, 아니 다른 누군가에게 대해 한 적이 있을까. 그러나 도기는 시키는 대로 도시야가 놀고 있던 바로 옆 초등학교 운동장을 달리기 시작했다. 다리가 아픈지 똑바로 달리지 못했다. 뒤뚱뒤뚱 절룩거리는 듯한 서툰 발걸음. 도시야가 집에 돌아갈 때도 아직 달리고 있었다. 도시야는 아무 말도 하지 않았다. 도시야가 보이지 않으면 그만두고 집으로 돌아갈 것이다. 도시야 자신은 그냥 돌아가지 않고 방파제에서 더 놀았다. 집에 가면 아버지나 형들에게 괴롭힘을 당할 게 뻔했다. 방파제 아래 콘크리트 블록 위를 걸으며 상상 속에서 거친 험로를 뚫고 나아가는 탐험가가 되는 등 혼자서도 얼마든지 놀 수 있었다. 해가 지고 방파제 가로등이 켜졌다. 집으로 돌아가려 하는데 히고 마코토가 자전거를 타고 나타났다. 중학교 야구부 유니폼 차림이었다. 과외활동을 마치고 돌아가다가 방파제에서 혼자 노는 도시야를 본 것이다. 히고 마코토의 자전거 뒤에 탔다. 초등학교 옆을 지나는데 히고 마코토가 자전거를 세웠다. 히고 마코토의 시야에 저녁 어스름이 내리는 운동장을 달리는, 아니, 피로에 절어 달리지 않고 걷고 있는 도기가 있었다. 히고 마코토는 자전거에서 내리더니 도기 쪽으로 달려갔다. 도시야도 그 뒤를 따라갈 수밖에 없었다.

"무슨 일이야?" 하고 히고 마코토가 도기에게 물었지만, 도기는 멈추지 않고 터벅터벅 걸어갔다.

"무슨 일이야?"

도기는 뭐라고 중얼대고 있었다.

"231, 231, 231."이라고 했다.

"뭘 하는 거야?"

히고 마코토가 도기와 같이 걸으면서 또 물었다.

"천 바퀴 돌아야 해." 하고 도기가 말했다. 히고 마코토는 퍼뜩 뭔가를 깨달은 듯했다.

"천 바퀴? 천 바퀴를 돌아? 누가 그런 말을 했어?"

그 어투로 봐서 히고 마코토가 분노했다는 것을 알 수 있었다. 도시야는 가슴이 덜컹했다. 심장이 심하게 두근거렸다. 도기를 저주한 것이다. 죽을 때까지 달리라고. 도기는 히고 마코토의 질문에 대답하지 않았다. 아마도 스타트 지점으로 돌아가 새로운 한 바퀴에 도전할 생각인 것 같았다. 이번에는 232, 232라고 중얼거리기 시작했다.

"누가 그랬어?" 하고 히고 마코토가 또 물었다.

"아직 7백 바퀴 이상이나 남았어. 이제 그만둬, 그만둬."

그러나 도기는 그만두지 않았다. 달렸다, 아니 다시 걸었다. 이제 그만하면 됐어, 하고 도시야는 말하고 싶었지만 입이 떨어지지 않았다.

"누가 달리라고 한 거야?"

히고 마코토가 다시 물었다. 그러나 도기는 대답하지 않았다.

"이제 달리지 않아도 돼. 그만 돌아가." 하고 히고 마코토가 말했다. 그러나 도기는 그만두지 않았다.

그 도기가 갑자기 발걸음을 뚝 멈추었다.

"이제 안 달려도 돼!"

큰 목소리였다.

도시야였다. 더는 참지 못하고 외쳤다. 자신의 목소리라고는 믿기지 않았다.

도기는 이제야 두 사람의 존재를 느꼈다는 듯이 히고 마코토와 도시야의 얼굴을 바라보았다. 그대로 두 사람 앞을 지나 평소보다 더 절룩거리면서 집으로 돌아갔다. 도시야 쪽을 돌아보려 하지도 않았다.

"이상한 놈이야, 마코 형." 하고 도시야는 히고 마코토에게 말했다. 아부하는 듯한 목소리였다. 아까의 외침과는 종류가 다르지만 역시 자신의 목소리로 들리지 않았다. 마치 도시야가 232바퀴를 달리기라도 한 듯이 목이 바싹 말랐다. 도시야의 말에 히고 마코토는 아무 대답도 하지 않았다. 불쾌한 듯 침묵을 지켰다. 그런 다음에도 자전거 뒤에 올라타기는 했지만 도무지 마음이 편하지 않았다. 히고 마코토가 입은 유니폼은 누군가가 물려준 것으로 이웃 포구의 중학교 것이었다. 등번호가 있었다. 11번이었다. 오른쪽 '1'이 반쯤 벗겨져 있었다. 그 장면을 지금도 또렷이 기억한다. 집 앞에서 히고 마코토의 자전거에서 내렸다. 히고 마코토는 도시야와 눈을 마주치려 하지 않았다. 아니, 도시야 쪽이 눈을 마주치려 하지 않았다. 그 도기하고 고등학교까지 같이 다녔다. 고등학교에서도 여전히 급우들에게 바보 취급 당했다. 그러나 도기는 고등학교를 졸업하고서도 지역에 남은 몇 안 되는 동급생 가운데 하나였다. 읍내 쓰레기 처리장에서 일했다. 경트럭으로 쓰레기를 가져가면(그러면 유료 쓰레기 봉투를 사용하지 않아도 되었다) 거기에 도기가 있었다. 도시야의 얼굴을 마주치면 옛날 일도 다 잊은 듯, 웃는다기 보다는 얼굴을 구기며 그렇지만 명백히 기쁜 표정으로 손을 들어 올렸다. 도기는 독신이었다(아마도 여자와 사귄 적이 한 번도 없을 것이다). 야구와 아이들을 좋아해서 소년야구나 중학교 야구부 연습시합에 자주 모습을 보였다. 응원만 하는 게 아니라 아는 아이들에게 주스나 아이스크림을 사주기도 했다. 운동장에서 도시야를 보면 그 이상한 웃음을 떠올리며 저편에서 다가왔다. 그리고 도시야의 아들들의 플레이를 칭찬해 주었다. 진심으로 던지는 말이라는 것을 알 수 있었다. 도시야도 두 아들에게 주스를 사 주어 고맙다고 인사를 했다. 도기가 일하던 중소업체가 쓰레기 처리 입찰에 실패하는 바람에 직장을 잃고 얼마 전부터 실업급여를 받는다는 사실을 알고 있었다.

"괜한 돈 쓰게 했네, 미안해." 하고 도시야가 말했다. 정말 그렇게 생각했다. 도시야 쪽이 도기보다 훨씬 유복하게 살았다. 도기는 돈도 없으면서 사람들에게 친절했다. 도시야의 형들과는 완전히 달랐다. 도시야하고도 많이 달랐다. 그러자 정말이지 인사받는 일에 익숙하지 않은 사람이 그러하듯 도기는 마치 나

뻔 짓이라도 한 사람처럼 곤혹스런 표정으로 얼굴을 붉히고 손사래를 쳤다.

"아냐, 아냐."

그런 도기의 모습이 시야에서 사라졌다. 무슨 일인가 했더니 오이타 대학병원에 입원했다는 소식이 들렸다. 뇌에 종양이 생겨 수술을 해야 한다고 했다. 그래서 오늘 아침 문병을 갔던 것이다. 그런데 만나지 못했다. 가족의 뜻으로 면회가 안 된다고 했다. 많이 안 좋으냐고 물었더니 대답이 없었다. 안내창구에서 일하는 직원이 알 리 없었다.

그때 핸드폰이 울렸다. 차에 탈 때 아내 미레이와 전화를 한 다음 뒷좌석에 던져 놓았었다. 도쿄에서 온 대학생을 공항까지 좀 데려다주고 오겠노라고 하자 방금 오이타에서 돌아왔는데, 하고 미레이는 어이없어했지만, 대학생의 어머니가 입원 중에 갑자기 상태가 나빠졌다고 낮은 목소리로 말하자, 힘들겠지만 조심해서 다녀오라고 상냥한 목소리로 말해주었다. 아내에 대한 미안함이 한층 더 커졌다.

"전화 좀 집어 줄래." 하고 도시야는 조수석의 젊은이에게 말했다.

젊은이는 운전석과 조수석 사이로 손을 뻗어 뒷좌석에서 울고 있는 핸드폰을 집어 들었다.

"누구야?"하면서 도시야는 왼손을 핸들에서 떼 내 젊은이 쪽으로 뻗었다.

"마코 형'이라고 되어 있네요."

그렇게 말하고 젊은이는 핸드폰을 도시야의 손바닥에 올려놓았다.

"마코 형?"

도시야는 핸드폰을 귀에 대고 말했다. 깨어 있긴 했지만 아니나 다를까 술에 취한 히고 마코토의 웅얼대는 목소리에 귀를 기울였다.

"마코 형, 그런 말을 한들 이미 늦었어. 조금 빨리 전화를 했으면 좋았을 텐데……. 시내에서 막 고속도로로 들어갈 참이야." 하고 도시야는 말했다.

"그러고 말이야, 마코 형, 지금 병원으로 가는 중이야. 아냐, 아냐, 병원은 벌써 다녀왔어. 지금은 공항으로 가. 부탁을 받고 젊은 친구들을 공항으로 데리고 가는 중이야. 엉? 뭐라고? 그건 말이야, 병원에 가봤지만 만나지를 못했어."

'병원'이라는 말에 조수석의 젊은이를 감싸고 있던 불안이란 놈이 다시 용트림을 하는 것 같았다. 이 젊은이의 어머니도 입원 중이다. 그것도 이야기를 들어보니 도기와 같은 질병이었다. 뇌에 악성종양이 생긴 것이다. 수술은 잘되었다고, 젊은이는 말했다.

그래도 어머니가 큰 수술을 하고 입원 중인데 어떤 이유가 있던 하필이면 도쿄에서도 이렇게나 멀리 떨어진 시골로 놀러오다니, 도시야는 그렇게 나무라고 싶었다. 그러나 입을 다물었다.

젊은이가 고통스런 표정으로 몇 번이나 중얼거렸기 때문이다.

"괜찮다고 그랬는데……."

"그럼, 그럼, 알았어, 마코 형. 알았다니까, 그렇게 걱정 안 해도 돼. 그렇게 말을 전해 줄 테니까."

도시야는 히고 마코토를 안심시킨 다음 전화를 끊고 셔츠의 가슴주머니에 손을 넣었다.

걱정스런 표정으로 젊은이가 물었다.

"괜찮으세요?"

"아." 하고 도시야는 앞만 바라보며 대답했다.

"걱정하지 않아도 돼. 그런데 자네 어머님이 걱정이야……."

"예." 하고 젊은이는 얌전하게 대답했다.

"고속도로에 들어가면 빨라. 이대로만 달리면 6시 전에 공항에 도착할 수 있어." 하고 도시야는 말했다.

"도쿄행 마지막 편에는 충분해. 이미 예약도 해 두었고."

"예." 하고 젊은이는 대답했다.

"아까 전화했습니다. 저기……."

"뭔데?"

"정말 감사합니다."

"괜찮아, 괜찮아."

도시야는 왼손을 저었다. 그러면서 입원한 도기를 생각했다.

"저 때문에 정말 죄송합니다. 아저씨께 쓸데없는 일로 이렇게 폐를 끼쳐서……."

"괜찮아. 마음에 두지 마." 하고 도시야는 대답했다.

돌아가는 길에 다시 대학병원에 갈 테니까, 도시야는 마음속으로 대답했다. 어차피 쓸데없는 짓만 하는 나니까.

약속했다. 지금 전화로 히코 마코토의 부탁을 받은 것이다. 히고 마코토는 문병을 갈 거면 자신도 태워 달라고 했다. 그러나 이미 늦었다. 게다가 병원에 간들 다시 안내창구에서 거절할 것이다. 헛걸음이 될 것이다. 그래도 좋았다. 안 데리고 갈 거면 나 대신에 인사를 전해 줘, 하고 히고 마코토는 말했다. 빨리 건강해지라고, 그렇게 전해 줘. 빨리 건강해지라고.

후후, 도시야는 웃었다. 조수석의 젊은이는 아마 괴이쩍게 생각할 것이다. 그러나 이상했다. 웃음이 터지는 건 어쩔 수 없었다. 마코 형, 남 걱정할 때가 아니잖아. 오히려 그 애가 걱정하며 그런 말을 전해달라고 할걸. 도시야의 입가가 일그러졌다. 제멋대로 춤추고 있었다. 이것이 정말 웃기는 일일까. 오늘 만나지 못해도 좋다. 다시 가면 되니까. 그리고 다음에 도기한테 문병 갈 때는 마코 형, 그럼, 데리고 갈게.

악의 꽃

惡
の
花

미적지근하니 무거운 공기가 해변의 토지를 감싸고 있었다. 어촌 사람들이 피부의 감촉만으로 내일 날씨를 가늠하던 시절까지만 해도, 어부들은 그 대기의 질감이 나타내는 차이를 통해 마치 외계에서 다가오는 것은 무엇이든 거부하려는 듯이 복잡하게 얽힌 해안선 저편에서, 그런데도 다가오는 것이 무엇인지—그것이 폭풍우인지 엄청난 소나기인지 그냥 지나치는 비인지, 전쟁 중이라면 미군기인지 새로운 생명의 탄생을 고하는 임산부의 산기인지 그냥 드러누운 노인을 찾아오는 죽음인지—알아맞힐 수가 있었다고 한다. 그래서 그날 그 미적지근하고 무거운 공기가 가져올 것이 무엇인지를 요시다 치요코가 정확히 이해할 수 있었다고 한다면, 그것은 그녀가 그런 시대를 기억하지 못하기는 하나 그 여운이나 잔향이 마을의 대기 중에 여전히 남아 있던 시대에 태어난 탓인지도 모른다. 체온보다 조금 뜨거운 진득한 공기가, 이제는 아무에게도 손가락이나 입술이 닿지 않는 목덜미나 겨드랑이, 사타구니 사이로 스며드는 것을 느끼면서 아아, 피는구나, 하고 치요코는 생각했다. 악의 꽃이 핀다. 그것도 한둘이 아니다. 활짝 핀 꽃이 치요코가 사는 방 두 개짜리 시영주택의 그늘진 부엌 바닥에 가득하다.

그런 예감이 찾아올 때마다 그래왔듯이 치요코는 다이코를 생각했다. 그리고 곧 다이코의 부재를 떠올리곤 아연해지고 말았다.

마을 사람들은 모두 와타나베 가의 외동아들 마사키미를 다이코, 다이코라고 친밀한 어투로 불렀다. 마치 쓰다 만 글자 위에 올바른 글자를 덧씌워 틀린 글자를 지우고 없던 일로 하려는 듯이 마을 사람들이 본명이 아니라 다이코, 다이코, 라는 애칭으로 부르기 때문에 치요코에게도 그 이름 아래 감추어진 잘못 쓴 글자가 무엇인지 기억해 낼 수 없었다.

75세가 지나면서 무릎이 안 좋아져 치요코는 잘 걷지 못했다. 그래도 쉬어가며 걸으면 마을에서 유일하게 남은 식료품과 잡화를 파는 작은 가게까지는 갈 수 있었다. 마을 노파들이 자주 이용하는 '실버 카'라고 불리는, 쇼핑백이 되기도 하고 의자가 되기도 하는 유모차 신세는 지지 않아도 될 것 같았다. 또한 여기에서 구할 수 없는 물건이 있다 해도 민생위원 와타나베 미츠와 그 남편 코지가 교외에 있는 쇼핑센터에 나갈 때 필요한 물건이 없는지 물어 오기도 한다. 아직 요리도 가능하다. 사람 이름과 기억하는 이름이 일치한다. 아직 누구의 손을 빌리지 않고도 혼자서 생활할 수 있다. 아니, 그렇다 해도 어쩔 수 없이 남의 손을 빌리지 않으면 안 되는 일이 있다. 그렇다. 성묘다. 전사한 오빠가 잠든 군인 묘지까지는 문제가 없지만, 마을 공동묘지는 조그만 포구가 내려다보이는 살짝 높은 언덕 비탈면에 있다. 무릎이 아파서 이제는 절의 계단을 오를 수 없다. 그런 치요코 대신 1년쯤 전부터 매일 아침 성묘를 가 주는 다이코가 있었다. 한 달에 두 번, 지역 사회복지협의회가 마을회관에서 노인들을 모아 놓고 행하는 '만남의 살롱'에 치요코가 얼굴을 내밀게 된 것은 그 때문이라고 해도 좋다. 처음에는 그런데 가고 싶지 않았다. 그러나 민생위원이면서 사회복지협의회에서 도우미로 일하는 와타나베 미츠가 몇 번이나 권하는 바람에 거절하기 힘들었다. 그러니까 미츠는 다이코의 어머니다.

도우미들의 밝은 목소리와 웃는 얼굴에 힘을 얻어 마을의 다른 노인들과 같이 치매예방운동을 하고 손뼉을 치면서 노래하고 게임도 하고 퀴즈 놀이를 했다. 저도 모르게 크게 외치면서 웃고 있었다. 이제 노파가 되어 버린 여자들은 치요코의 무릎과 어깨를 두들기고, 치요코도 다른 노파의 무릎과 어깨를 두들겼다. 그 손에 증오심 따위 눈곱만큼도 섞지 않고 그냥 서로 몸을 비비며 아하하하 소리를 내며 같이 웃었던 것이다. 시간이란 정말 무서운 것이다. 모든 것을 지워 버린다. 눈꼬리에 눈물을 매달고 웃으면서도 치요코는 과거로 돌아가는 듯한 기억을 떠올릴 때가 있다. 치요코에 대해 아무 근거도 없는 소문을 퍼뜨리기도 하고 심지어 몸에 난 종기라도 되는 듯이 멀리했던 그런 일들이 이제는 이 사람들에게 아무래도 좋은 일이 되어 버렸을까. 지금 치요코의 주위에서 즐겁게 노는 노파들은 마치 치요코에 대해 나쁜 감정 따위 한 번도 품은 적이 없었던 것 같다. 이 사람들처럼 증오나 악의, 적의 등이 간단히 잊혀질 때가 오리란 걸 알았더라면 자신도 남을 마음껏 미워할걸 그랬단 말인가. 웃으면 눈물인지 아니면 다른 그 무엇인지 눈꼬리에서 희멀건 액체가 스며 나왔다. 주름뿐인 손을 서로 사이좋게 잡은 노인들 속에 자신이 끼어 있다니. 사람들에게 왕따를 당해 멀리 떨어져 있어야 했던 그 젊은 여자와 치요코는 완전히 다른 사람인 것 같았다.

실제로 겉모습은 완전히 달라졌다. 치요코는 건어물처럼 비쩍 마르고 주름 투성이의 노파로 변하고 말았다. 확 줄어 버린 광택 없는 철삿줄 같은 백발을 뒤로 묶었다. 옆으로 좁은 이마 아래 부풀어 오른 눈꺼풀이 마치 세상의 모든 불만을 끌어안은 것 같았다. 그러므로 다이코가 중년이 되었다고 한들 하나도 놀랄 일이 아니었다. 그런데도 놀랐다. 원래는 많이 좁아 보였을 이마 위 머리카락을 누가 아무렇게나 쥐어뜯어 낸 것 같은 대머리에다, 작은 눈과 코의 존재를 확인하기 힘들 만큼 햇볕에 그을린 얼굴에, 분명히 아주 오래전부터 사용했음 직한 금속테 안경을 쓴 이 남자가, 걸음마가 늦고 말도 늦어 아직 젊은 와타나베 코지와 미츠 부부를 많이 걱정하게 한 그 아이인 것이다. 가슴이 얇고 두 팔은 가늘지만 배 부위에 쓸데없이 살이 많이 붙어서 도무지 볼품이 없는 이 중년 남자가, 이웃 마을에서 시집을 와서 지금은 마을에 완전히 녹아들어 민생위원으로서 노인들의 신망을 한 몸에 받는다는 것이 거짓말처럼 보일 만큼 새로운 인간관계에 익숙해지지 못해 뭘 하든 긴장하던 젊은 어머니 미츠의 품에서 새록새록 잠들었던 그 아기였다. 그 아기에게 다른 아기와는 다른 뭔가가 있다고 치요코는 느끼지 못했다. 어디에도 이상한 점이 없었다.

다이코는 중학교를 졸업한 이래로 줄곧 아버지와 같이 지역의 건설회사 여러 곳에서 육체노동을 했다. 건설회사가 도산하자 이번에도 아버지와 같이 지역의 쓰레기 처리장에서 일했다. 그러나 2년 정도 전에 일터를 제공해 주던 지정관리업자가 입찰에 실패하는 바람에 부자는 직업을 잃고 말았다. 아버지 코지는 아들을 데리고 일할 수 있다면 월급 같은 건 아무래도 좋았다. 그래도 부자가 같이 일하는 직장은 나오지 않았다. 다이코는 아직 40대 중반이었다. 그런 사정은 말을 하지 않아도 잘 알아서 자신을 대신하여 성묘를 해 주는 다이코에게 인사라도 하고 싶다고 치요코는 매달 2천 엔을 봉투에 넣어 과자라도 사먹으라며 다이코 집까지 가지고 갔다. 다이코는 물론이고 미츠도 코지도 결코 받으려 하지 않아 늘 우편함에 슬쩍 넣어 두었다. 한번은 그 순간에 미츠가 나타났다. 아니야, 아니야, 하고 거절하는 미츠의 손에 마구 구겨진 봉투를 억지로 쥐여 주었다. 일부러 치요 언니 때문에 가는 게 아냐, 우리 성묘를 하는 김에

가는 거라니까, 게다가 일도 없이 어슬렁거리는 것보다는 조금
이라도 남에게 도움을 주는 게 좋잖아, 하고 미츠는 말했다. 무
슨 일이라도 빨리 잡아야 할 텐데, 하고 치요코는 저도 모르게
쓸데없는 말을 하고 말았다. 그러자 미츠의 중얼거리는 소리가
들렸다. 지금은 우리가 곁에 있어서 좋지만 우리가 죽은 다음
혼자서 어떻게 살지……. 그리고 그 말에서 심각한 의미를 지우
려는 듯이 미츠는 미소를 머금었다. 아름다우면서 슬픈 꽃 같
은 미소였다. 자네가 세상을 떠나도 내가 있으니 괜찮아, 하고
치요코는 말하려다가 이미 여든이 된 자신이 미츠보다 오래 살
리 없다는 것을 깨닫고 너무 부끄러워 그냥 웃고 말았다. 왜 그
래, 치요 언니, 울지 마, 미츠가 하는 말이 들렸다. 울고 있어?
웃는다고 생각했던 치요코는 저도 모르게 손으로 눈꼬리를 훔
쳐 보았다. 미츠는 자신들이 죽은 뒤 다이코가 다른 사람에게
폐를 끼치는 것을 두려워하지만 다이코가 아니면 과연 누가 매
일 아침 자신을 대신해서 성묘를 해 줄까? 다이코가 아니면 도
대체 누가 치요코 주변에서 틈만 보이면 번성하려는 악의 꽃을
뽑아 줄까? 치요 언니, 이제 울지 마. 미츠의 상냥한 목소리가
들렸다.

　다이코—. 치요코는 다이코를 볼 때마다 저도 모르게 그 이
름을 부르지 않을 수 없었다. 물론 치요코의 목소리도 예전처
럼 또렷하지 않고, 목소리를 듣는 상대 또한 그 청결한 빡빡머
리 남자애하고는 도무지 비슷하지도 않은 모습으로 변해 버렸

지만, 허공으로 날아가는 '다이코'라는 말은 시간 그 자체를 부정하듯이 낡지도 않고 상처받지도 않은 채 온전히 옛날 그대로였다. 그래서 그때 군인묘지 곁의 좁고 울퉁불퉁한 시멘트 포장도로를 절뚝거리며 내려오는 중년남자하고는 완전히 다른 남자가 어딘가에 존재하고(그런데 어디에?), '다이코'라는 이름은 그 다른 사람에게 던져져야 할 것이라고 생각했다. 그래서 마을 사람들이 다이코, 다이코, 하고 부를 때, 그들이 화제에 올리는 사람은(그들 자신은 느끼지 못할지도 모르지만) 그 남자가 아니라 상처받지도 않고 늙지도 않는 다른 존재인 것이다. 그리고 다이코, 다이코, 다이코, 입 속에서 아무리 굴리고 또 굴려도 하나도 변하지 않는 완전무결한 구슬 같은 말을 외칠 때, 많은 점에서 옳지 않았던 마을 사람들이 그 남자에 관해서만은 옳다는 것을 인정하지 않을 수 없었다.

치요 언니, 하고 다이코가 치요코에게 말을 걸었다. 치요코는 초등학교 곁의 남에게 빌린 밭에서 풀을 매고 있었다. 그렇다, 그때도 평소와 똑같았다. 다이코에게서 평소와 다른 무엇도 찾아볼 수 없었다. 걷는 모습도 손을 드는 동작도 표정도 모두 어색했다. 뭔가가 어리광 부리는 강아지처럼 다이코의 다리 주변에 달라붙어 있었다. 그것은 모이에 몰려드는 작은 새처럼 허공에서 다이코의 머리 위로 내려앉았다. 쓴 탕약처럼 입에 들어가서 다이코의 얼굴을 비틀었다. 걷는 것, 손을 움직이는 것, 표정을 만드는 것을 방해하고 다이코를 당혹스럽게 했다. 그것이 무엇일까. 이 세계에 존재한다는 사실에 대한 놀라움이라고 해야 할까. 살아가는 동안 마모되어 사라져 갈 그런 놀라움이 아직도 다이코와 함께하고 있었다.

그래서 그날도 다이코는 평소와 똑같았다.

똑같았어?

그렇다, 똑같았다. 똑같아야 했다. 그래서 마을 사람들이 토란이니 고구마니 파를 심은 느리게 경사진 밭 건너편, 넝쿨 얽힌 낮은 시멘트 담으로 둘러싼 군인묘지 입구 계단에 남자 하나가 걸터앉은 것을 치요코가 보았을 때는 그날이 아닌 다른 날이었다.

그렇지만 그것이 정확히 언제였는지 치요코는 기억할 수 없었다. 혹시 묘지 입구에 3단밖에 없는 낡은 돌계단에 멍하니 앉았던 그 남자는 러일전쟁 이후에 이 마을에서 전쟁터로 가서 죽은 사람들 가운데 하나가 아니었을까. 이를테면 치요코의 오빠? 분명 남자는 갑자기 몸을 덮친 피로나 현기증 때문에 가만히 고통을 참고 앉아 있었지만, 민다나오 섬에서 굶주림과 말라리아 때문에 죽은 오빠라고 보기에는 그리 여위지 않아서 시영주택 구석방 벽에 걸어 둔 군복 차림의 영정 얼굴을 굳이 떠올릴 것까진 없었다. 그래, 잘못 볼 리가 없었다. 그것은 다이코였다. 그렇지만 다이코가 가만히 앉아 있는 모습을 여태 본적이 없었기에, 그리고 마치 마치 놀라움으로부터 도망치려는 듯이 불편한 발걸음으로 재빨리 걷고, 움직임을 멈추면 놀라움에 완전히 사로잡혀 버릴지도 모른다는 두려움 때문인지 멈춰 서 있을 때도 열심히 손을 움직이는 다이코가 저렇게 고개를 수그리고 고통스런 표정으로 앉은 모습을 한 번도 본 적이 없었기에 저 사람이 다이코라는 사실을 금방 인정할 수 없었던 것이다. 다이코에게 달라붙어 떨어질 줄 모르는 놀라움은 강아지나 작은 새처럼 귀엽지도 않고, 입에는 쓰지만 몸에는 좋은 약도 아니니까, 먹잇감에 달라붙어 그것을 조여 죽이는 뱀같이 무서운 어떤 것이었을지도 모른다. 그것은 다이코가 이 세계에 존재한다는 것에 대한 놀라움이면서도 다이코를 여기가 아닌 다른 세계로 데리고 가려는 무엇인 것 같았다. 그것이 마침내 다이코를 휘어잡고 뱀이 쥐를 통째 삼키듯이 다이코를 삼키려 하고 있었다. 그렇지만 그렇게 되면 다이코는 마침내 자유로워 질까? 다이코의 자유를 빼앗고 모조리 빨아들이려는 놀라움으로부터 해방될까? 왜냐하면 그 놀라움이 이 세계에 존재한다는 사실에 대한 놀라움인 이상, 여기가 아닌 다른 세계에서는 아무 소용이 없기 때문이다. 다른 세계에는 있을 자리가 없기 때문이다. 그렇다면, 그렇다면, 치요코는 거의 절망에 가까운 뭔가에 사로잡혀 생각해 보았다. 놀라움으로부터 해방되어 자유로워지면 다이코는 이 세계에 있을 자리를 잃어버리고 마는 거야? 그럴 리 없어, 그럴 리 없어, 절대로 그래서는 안 되는 거야. 치요코는 마음속으로 외쳤다. 마음속 목소리인데도 우는 소리였다. 눈물에 젖었는데도 뱀의 허물처럼 바싹 메마른 소리였다. 다이코, 다이코.

걱정하지 마, 그때 다이코의 목소리가 들려와 치요코는 퍼뜩 제정신이 돌아왔다. 제정신이 돌아왔다고? 그 제정신은 어디로 돌아온 것일까. 이 세계인가, 다이코가 놀라움에 붙들려 가려 하는 다른 세계인가, 발을 헛디뎌 넘어진 사람처럼 갑자기 뭐가 뭔지 알 수 없었다. 두 세계 사이에서 우왕좌왕하는 것은 바로 치요코였다.

걱정하지 마.

다이코의 목소리가 치요코의 불안을 지워 주었다.

아니, 그때 다이코가 지워 준 것은 다이코의 몸을 걱정하는 불안과는 다른 불안이었을 것이다. 왜냐하면 다이코는 이어서 이런 말을 했기 때문이다.

걱정하지 마, 묘지의 물을 갈아 주었으니까.

그랬다, 그날도 비 오는 날을 제외하고 매일 아침 그러하듯이 다이코는 치요코를 대신하여 성묘를 해 준 것이다. 붓순나무 가지를 꽂은 비석 앞 꽃병에 물을 부어 주었던 것이다.

늘 고마워, 치요코는 마음속으로 외쳤다.

인사 같은 건 필요 없어, 하고 다이코는 손사래를 쳤다. 입 주변을 일그러뜨리고 얼굴을 찡그린 것은 겸연쩍은 웃음 때문일까. 그냥 자리를 뜨려는 다이코를 치요코가 불러 세웠다. 다이코는 움찔 어깨를 흔들더니 뒤를 돌아보았다.

저기 말이야, 그 꽃, 아직 살아 있어.

그러자 다이코의 얼굴에도 웃음이 한 송이 꽃으로 피어났다. 벌레 먹어 구멍이 숭숭 뚫린 비뚤어진 꽃잎이 흔들렸다.

아, 그럼 나중에 갈게요.

이렇게 고마울 수가, 하고 치요코는 말했다.

그렇지만 치요 언니, 그 꽃은 전부 다 뽑아 낼 수 없을지도 몰라, 다이코가 얼굴을 찡그리며 미안한 듯이 말했다. 아무리 뽑아도 또 나고 그래.

괜찮아, 괜찮아, 치요코는 고개를 끄덕였다. 손이 가는 데만 뽑아주면 그것만으로도 고마워. 이렇게 고마울 수가. 그럼 기다릴게.

알았어요. 나중에 갈게요.

분명 다이코는 그렇게 말했다. 그러나 다이코는 오지 않았다. 아무리 기다려도 오지 않았다. 그날부터, 그런데 어떤 날? 다이코의 모습이 보이지 않았다.

다이코가 태어났을 즈음, 치요코는 이 작은 바닷가 마을의 초등학교에서 용무원으로 일했다. 지금은 폐교가 되어 버린 초등학교는 당시에도 한 학년에 한 반뿐이었고 6학년까지 전교생이 백 명도 되지 않았다. 교무실 끝에 있는 작은 책상과 의자가 치요코의 자리였는데, 여름에는 커다란 주전자로 보리차를 끓이고 겨울에는 녹차를 끓였다. 교실이나 복도는 학생들이 청소를 했지만 교무실 청소는 지요코의 몫이었다.

낡은 목조 1층 건물로, 따스한 남쪽 지방이긴 하지만 겨울이면 차가운 북풍이 불어 테이프로 막은 창 틈에서 외풍이 들어왔다. 바람은 어느 곳으로도 들어왔다. 한번은 아이들이 복도를 기듯하며 바닥에 얼굴을 대고 있었다. 멀리서 들려오는 소리를 들으려는 것 같기도 하고, 기도라도 올리는 것 같기도 했다. 선생님, 어린아이 하나가 고개를 들었다. 그리고 다가오는 치요코를 보며 복도를 가리켰다. 여기서 바람이 불어와요, 뭘까요? 그말에 다른 아이들도 얼굴을 바닥 가까이 댔다. 치요코도 쭈그리고 앉아 복도의 판자 이음매에 손을 댔다. 분명히 좁은 틈을 통해 아래쪽에서 차가운 공기가 불어오는 것을 느낄 수 있었다. 그렇죠, 정말이죠, 선생님? 아이들의 의기양양한 목소리가 들려왔다.

아이들이 치요코를 '선생님'이라고 부르는데 대해 마뜩치 않게 생각하는 사람이 있다는 것을 안다. 고작 용무원 주제에 아이들이 '선생님'이라 부르도록 허락한다는 것은 말이 안 된다. 게다가 치요코만큼 선생님이란 말에 어울리지 않는 사람도 없다. 그렇지만 아이들이 제멋대로 그리 부른다. 결코 치요코가 그렇게 부르라고 해서가 아니었다.

치요코는 이혼을 하고 이 마을로 돌아와 시영주택에서 혼자 살았다. 어머니 배속에 있을 때 아버지를 잃었고 어릴 적에 그 어머니도 병으로 세상을 떠났다. 그래서 치요코는 네 살 위 오빠와 함께 외갓집에서 조부모의 손에 자랐다. 어부였던 오빠는 징병되어 종전을 한 달 앞두고 필리핀에서 병사했다. 치요코는 열아홉 때 할아버지가 시키는 대로 어떤 남자와 결혼했다. 이웃 마을에 사는 띠동갑 연상의 남자였다. 이웃마을이라고는 하지만 당시는 아직 도로가 없어서 곶을 빙 돌아 배를 타고 가야 했다. 결혼하고 1년이 지나고 3년이 지났지만 아이가 태어나지 않았다. 남편은 상냥했지만 7년이 지나자 남편의 노모에게 떠나라는 말을 들었다. 장남인 남편의 가족에게 가장 필요한 것은 가문을 이을 자식이었다. 아이를 낳지 못하는 여자는 필요가 없었다. 애당초 치요코는 남편에게 두 번째 아내였다. 첫 번째 부인도 자식을 못 낳는다는 이유로 치요코와 마찬가지로 이혼당했다고 한다. 아니, 아니다. 치요코가 도미라는 첫 부인과 같은 길을 걸은 것이다. 그런 생각을 하니 불안해졌다. 도미는 이혼한 다음 같은 마을에 있는 친정으로 돌아갔다. 치요코가 시집을 갔을 때 아직 거기서 살고 있었기에 때로 길에서 스치는 경우가 있었다. 마음이 좋지 않아 견딜 수 없었다. 그런 죄책감 때문에 자식이 안 생기는 건 아닐까. 그런 근거도 없는 저주와도 같은 감정을 품고 있는 자신을 깨닫고 치요코는 섬뜩함을 느꼈다. 그런데도 도미라는 그 여자가 임신을 하지 못하도록 저주하는 것은 아닌가 하는 의구심이 어두운 지하수처럼 배어나와 마음 깊은 곳을 적셨다. 그런 진득한 느낌을 주는 의구심의 액체야말로 범인일지도 모른다고 치요코는 생각했다. 액체는 남편의 손가락과 혀를 적시던 시타구니의 물, 남편의 손가락과 혀가 점점 열기와 성의를 잃어가면서 메말라 가던 그 물과 비슷한 것 같기도 해서 남편의 선량함이 농축된 하나 같이 아름다운 그 씨앗들이 너무도 간단히 속아 넘어가 버린 게 아닐까. 전처에 대한 그 의구심의 탁한 점액이 열기와 점성으로 위장해 살의 주름 안쪽으로 더 깊은 안쪽으로 남편의 정자를 끌어들여 하나씩 다 죽여 버린 것이다. 이유야 어쨌든 치요코는 전처와 마찬가지로 아기를 갖지 못했고, 전처와 똑같이 남편의 집을 떠나야 했다. 그래서 자신도 전처와 똑같은 길을 더듬어 가게 될지 모른다고 생각하며 치요코는 두려워했다. 왜냐하면 도미는 어느 날, 친정의 뒷산에 올라 목을 매 죽었기 때문이다. 자신도 그런 죽음을 선택하게 될까. 고향 마을에서 용무원으로 일을 하는 치요코는 때로 도미를 떠올리며, 절대로 안 죽을 거야, 왜 내가 죽어야 하는 거야, 라고 생각했다. 도미의 자살은 치요코 탓이라고, 사정도 잘 모르는 마을 사람들이 쑥덕거린다는 것을, 평소에 길에서 만나면 눈길을 돌린다든지 또는 자신을 바라보는 눈길에 언뜻언뜻 호기심 어린 빛이 감도는 것으로 봐서 충분히 짐작할 수 있었다.

절대로 죽지 않을 거야, 자살 같은 건 절대로 안 해, 고작 용무원에 지나지 않는 치요코의 마음속에서 그런 말들이 반복되고 소용돌이친다는 것을 선생님, 선생님, 하고 치요코를 따르는 아이들은 몰랐을 것이다. 그리고 또한 복도에 쭈그리고 앉아 흙먼지가 배꼽 속의 때처럼 달라붙은 판자 틈새에서 차가운 바람만이 아니라 토악질을 부를 만큼 심한 악취―그것은 복도 아래로 스며들어 그냥 죽어 버린 고양이 사체에서 풍기는 것이었다—가 피어오른다는 것을 가르쳐 준 아이들은 치요코에게 그 꽃의 존재를 가르쳐 준 것이 그들 자신이라는 사실을 몰랐을 것이다. 그렇다. 선생님, 선생님, 하고 달라붙던 아이들이 그 화사하고 새된 웃음소리와 함께 사라지고 선생들도 제각기 집으로 돌아가 아무도 없는 초등학교 복도, 한낮에 아이들이 엎드린 채 안을 엿보던 판자 틈새에서 악의 꽃이 피어나는 것을 보았던 것이다. 그때는 노란 카네이션 비슷한 꽃이었다. 또 어떤 때는 보라색 수국, 또 다른 때는 핑크빛을 띤 하얀 매그놀리아 꽃과 흡사했다. 도감에서만 보았던 열대 정글에서 날 법한 현란하고 힘찬 색채와 형태의 꽃잎이기도 했다. 그 이후로 어떤 형상을 하건 어떤 색깔로 나타나건 그 꽃임을 알았다. 다른 모습과 형태를 띤 꽃인데 다 똑같은 꽃이었다. 왜냐하면 그 꽃이 나타나면 어김없이 피어난 꽃 안쪽에서 뭔가가 풍겨 나와 아랫배를 알수없는 미적지근한 열기로 감쌌기 때문이다. 도저히 참을 수 없을 만큼 찜찜한 기분이었다.

절대로 죽지 않을 거야, 하고 집요하게 자신을 향해 말한 덕분일 테지만, 아무튼 치요코는 살아남았다. 그런데 놀랍게도 그 남편이 도미의 뒤를 이어 죽었다. 자세한 사정은 알 수 없고 알고 싶지도 않았지만 자살이라는 소문이 떠돌았다. 이제는 백발을 뒤로 묶은 자그만 몸매에 비쩍 마른 노모만 가련하게도 홀로 남았다. 지금 치요코는 자신의 모습을 거울에 비춰 볼 때마다 왠지 그 남편의 어머니 얼굴을 떠올렸다. 무당 가문에서 태어난 사람인데 산에서 약초를 캐 마을 사람들을 위해 뼈나 피부병에 좋은 약을 만들었다. 산후에 건강을 해친 여자들을 위해 탕약을 끓여주기도 하고 주문을 외우기도 했다. 두터운 눈두덩 아래 묵직한 눈길로 치요코를 보는 듯 안 보는 듯했다. 어딘지 모르게 먼 곳을 바라보았다. 애를 못 낳는 여자는 여자도 아니라고 자신을 무시하는 눈길이었다. 너무 원통하고 억울해서 밤마다 베개를 적셨고, 그런 다음에는 같은 이불 속에서 젖은 사타구니로 격하게 남편을 갈구했다. 그러나 지금이라면 그 노파의 눈이 어디를 보는지 안다. 그건 사후의 세계를, 반 세기도 더 먼 세계를, 그리고 거기에서 억척스럽게 살아가는 아이를 낳지 못하는 며느리 치요코를 바라보았던 것이다. 거울에 비친 자신의 얼굴을 응시하면서 치요코는 그런 진실을 또렷이 깨달았다. 새하얗게 변한 머리칼을 단단히 끌어당겨 뒤로 묶고 부풀어 오른 듯한 눈에다 입술 주위를 가느다란 세로 주름으로 덮은 자신의 얼굴이 그 노파의 얼굴을 쏙 빼닮았다는 것을 알았다. 그 눈이 지금 자신을 음침하게 바라본다. 치요코가 아직 살아남았다는 사실에 놀라는 눈치다. 그날부터 거울을 보기가 두려웠다.

남편이 죽은 탓에 치요코는 점점 더 아이들로부터 '선생님'이라 불리기에 걸맞지 않은 인간이 되고 말았다. 아니, 된 것이 아니다. 주변 사람들이 그런 인간으로 만들어 버렸다. 왜냐하면

일찌기 젊은 아내로서 옛날 아내에게서 오랜 세월 운명을 같이 한 남편을 빼앗고 자살로 몰아넣은 사람으로 규정된 치요코는, 사람들의 터무니 없는, 그럼에도 바람에 날려 사라져 버리지도 않고 사람들의 상상력 속에서 꼬불꼬불한 뿌리를 집요하게 펼쳐나가면서 메마를 줄 모르는 소문에 따르면, 이번에는 남편을 고뇌에 빠뜨려 죽음으로 몰아넣은 색에 미쳐버린 악녀가 되었기 때문이다. 남편과 지낼 때부터 남편보다 훨씬 젊은 동네 남자들에게 다리를 벌렸고, 게다가 그 가운데 누구의 씨를 받아들여 임신을 했지만 그 불륜의 자식을 무당인 시어머니가 지은 약으로 낙태시키는 바람에 불임의 몸이 되어 버린 것이다. 그러나 그렇게 임신할 수 없는 몸이 되어 버린 것을 기회로 삼아 더 방탕하게 남자들과 관계를 맺다가 마침내 쫓겨나 다시 돌아온 업장 깊은 여자. 사람들의 입에 오르내리는 그런 소문을 알고 있었다. 놀랍게도 거울에 비친 치요코 자신이 그런 말로 자신을 질책하고 있었다. 거기 비친 얼굴이 치요코 그 자신이면서 동시에 예전의 그 시어머니였다. 과거의 세계에서 미래를 바라보는 눈길이 치요코를 힐책했다. 더는 참지 못하고 눈길을 돌렸다. 그러자 치요코의 뒤, 거울에 비친 작은 부엌의 냉장고 곁에 놓인 갈색 쌀 포대 그늘에서 꽃이 피어난 것을 또렷이 볼 수 있었다.

그 꽃이다. 제각기 다른 꽃이면서, 그런데 같은 꽃. 그때였다. 치요코는 비로소 그 꽃의 이름을 알았다. '악의 꽃', 입술을 움직여 보았다. 마치 예전에 그런 꽃들이 흩뿌리던 꽃가루가 특수한 신호처럼 치요코의 뇌인지 신경인지를 자극해서 그녀의 몸 저 안쪽, 그래, 남편의 아이를 가질 수 없었던 자궁 저 안쪽에서 발생한 그 무엇, 그러나 지금까지 쭉 잠들어 있던 뭔가 나쁜 씨앗 같은 것이 마침내 '악의 꽃'이라는 이름으로 피어난 것 같았다. 그렇지만 옛날처럼 허벅지와 허벅지를 마구 비비고 싶은 진득한 욕망은 일어나지 않았다. 다만 무슨 그리움만이 치요코의 눈에 눈물을 고이게 했다.

눈물을 닦으며 치요코는 얼굴을 들었다. 흐릿해진 풍경이 점차 원래 모습을 되찾았다. 그러나 거기에도 역시 다이코의 모습은 없었다. 아무리 애를 써도 찾을 수 없었다. 치요코는 와타나베 집의 정원에 있었다. 거기에는 파, 가지, 호박을 심은 밭이 있고, 창고가 있었다. 창고 옆에 놓인 녹이 많이 슨 철제 파이프 의자(아직은 쓸 만하다고 코지가 쓰레기 처리장에서 가져왔을 것이다)를 펼치고 그늘에 앉아 기다리는 사이에 치요코는 깜빡 졸았던 것 같았다. 오래도록 다이코를 만나지 못했다. 나중에 같이 악의 꽃을 뽑으러 가자고 약속한 날로부터 벌써 한 달 이상이나 다이코의 모습이 보이지 않았다. 도대체 어디로 가버렸을까? 약속을 어길 사람이 아닌데. 무슨 일이라도 있는 걸까. 마음에 걸려 치요코는 몇 번이나 와타나베 집으로 발길을 옮겼다. 그러나 다이코는커녕 미츠와 코지의 모습도 보이지 않았다. 사람이 사는 기척이 없었다. 자신이 다이코에게 그런 짓을 했기 때문이 아닐까, 치요코는 불안했다. 그 꽃을 뽑으라고 했기 때문에 다이코의 몸에 불길한 일이 일어나고 만 것은 아닐까. 뭐니 해도 그건 악의 꽃이 아니던가. 그런 사실을 치요코는 다이코에게 말해주었을까. 말을 했던 게 분명하다. 그래도 다이코는 알겠습니다, 알았습니다, 하고 말했다. 아마 몰라도 알았다고 했을 것이다. 괜찮아, 괜찮아, 하고 말하면서 두 칸짜리 시영주택 침실에 놓인 싸구려 옷장 아래 잔뜩 피어난 빨강과 핑크 빛 꽃을 마구 뜯어서는 종량제 봉지 속에 쑤셔 넣어 갔던 것이다. 다이코는 손놀림이 서툴러 봉지 주둥이를 잘 묶지 못했다. 꽃잎과 잎, 마구 찢어놓은 줄기와 뿌리가 튀어나온 쓰레기 봉지를 집으로 가져가려 했다. 어차피 가져가야 하는 거니까, 하고 마치 지금도 매일 쓰레기 처리장으로 출근을 하는 듯이 말을 하는 통에 치요코는 울어 버릴 것 같았다. 두 손을 꼭 잡는다고 해서 아픈 가슴을 억누를 수야 없겠지만 그래도 치요코는 악의 꽃 잔해를 툭툭 흘리면서 돌아가는 다이코의 등을 향해 두 손을 모으지 않을 수 없었다. 그 꽃을 뜯을 때 달라붙은 진액이 독이었을지도 모른다. 예전에 자신을 쫓아낸 시어머니, 뒷산에서 채취한 온갖 식물에서 주문을 외우며 즙을 추출한 다음 또 주문을 외우면서 약을 조제하던 시어머니가 거울 속에서 치요코를 나무랐다. 너, 너 때문이야. 다이코의 몸에 뭔가가 일어난다면 네 탓이란 걸 알아 둬. 주문에 따라 풀에서 난 액체가 독으로도 약으로도 될 수 있는지도 모른다. 그러나 며느리로 인정받지 못하고 쫓겨난 치요코는 어떤 주문도 배우지 못했다. 악의 꽃 즙이 다이코의 몸에 나쁜 짓을 했는지도 모른다. '만남의 살롱'에 가봐도 미츠의 모습은 보이지 않았다. 아픈 듯하다고 누군가가 낮은 목소리로 말했다. 미츠 씨가? 아냐, 아냐, 다이코. 다이코가 병이 깊어서 대학부속병원에 입원한 모양이야. 여기서는 매일 오이타 시까지 갈 수 없으니까 코지 씨하고 미츠 씨가 병원 곁에 방을 구해 머물고 있는 모양이야……

그런 다음 치요코는 매일처럼 '쾌차를 기원합니다'라고 적은 하얀 봉투에 빳빳한 1천엔 권 지폐를 넣어 와타나베 집을 찾았다. 창고 곁 파이프 의자에 앉아 미츠나 코지가 돌아오기를 기다렸다. 몇 번이나 졸았다. 눈을 뜰 때마다 이것이 꿈이라면 좋을 텐데 하고 생각했다. 그러나 잔혹하게도 그것은 꿈이 아니었다. 미적지근한 공기가 마을을 감싸고 있었다. 그러나 그 미적지근한 공기를 치요코는 잘 알지 못해 그것이 폭풍우의 전조라는 것을 몰랐다. 그래서 코지를 만나지 못했다. 폭풍우에 대비해서 코지가 돌아왔다는 것을 폭풍우가 지나간 다음 날 비를 막는 덧문이 닫힌 것을 보고서야 알아차렸다. 손에 꼭 쥔 하얀 봉투는 모서리가 문드러지고 구겨지고 비에 젖어 '쾌차를 기원합니다'라는 글자도 흐릿하게 번지고 말았다. 오래도록 성묘를 하지 못했다. 지금 붓순나무 이파리는 세찬 바람에 묘지 주위로 흩어졌을 것이다. 다이코가 없으니 그것을 치울 수 없다. 그렇지만 조상들도 전사한 오빠도 불평은 하지 않을 것이다. 도대체 무슨 말을 할 수 있을까. 평소 그렇게 친절하게 노력해 준 다이코를 위해 왜 아무것도 해 주지 못하는 거야. 분노를 억누르느라 꼭 거머 쥔 손바닥 안의 봉투가 더 구겨졌다.

치요코는 의자를 접어 창고 벽에 세운 다음 작은 포구에 면한 방파제를 따라 난 길을 터벅터벅 걸어서 시영주택으로 돌아갔다. 백 미터 정도 거리밖에 안 되는데도 너무 멀게 느껴졌다. 그러는 사이 줄곧 그 미적지근한 공기가 다이코를 지켜주지 못한 조상들과 오빠의 회한과 슬픔, 그리고 누구보다도 치요코 자신의 회한과 슬픔에 뒤섞여 더욱 끈적해지면서 치요코를 나긋하니, 아니 징그럽게 휘감았다. 치요코는 집으로 돌아가기 싫었다. 무엇이 자신을 기다리는지를 알았다. 너무 잘 알았다. 다이코, 다이코. 치요코는 다이코의 이름을 불렀다. 그리고 방파제 사이의 통로에서 부두로 나섰다. 짙은 녹색으로 물든 포구는 고요했다. 파도가 철썩철썩 상냥하게 밀려왔다. 땅바닥에 무릎과 두 손을 짚고 아래를 내려다 보았다. 해수면에서 자신의 모습을 바라보는 것이 시어머니이건 자신이건 아무래도 좋았다. 옅어서 훤히 바닥이 들여다보이는 자갈 깔린 바다 밑바닥이 악의 꽃으로 완전히 뒤덮여 있다는 것도 내 알바 아니다. 실제로 거울 속을 들여다볼 때처럼 수면에는 파란 하늘을 등진 치요코의 등 뒤에 있을 리 없는 부엌이 비쳐졌다. 냉장고 곁에 놓인 쌀 포대 그늘에서 하얀 꽃이 애절하게 흔들리고 있었다.

개수대 배수구에서 주욱 뻗어 나온 가느다란 줄기 위에서 다섯 장의 커다란 빨간 꽃잎이 묵상이라도 하는 듯 닫혀 있었다. 식기 선반의 열린 문에서 작고 노란 꽃들이 힘차게 얼굴을 내밀고 있었다. 거기에 손을 뻗으려는 듯한 동작으로 치요코는 기도했다. 그리고, 이제 됐어, 이제 됐어, 하고 그 손을 잡고 닫아 버린다. 주문을 외우지 않는 치요코이고 보니 그 이름을 부를 수밖에 없었다. 다이코, 다이코. 시간 속에서도 결코 색 바라지 않는 그 이름이 혹시 치요코가 잘 아는 다이코하고는 완전히 다른 다이코를 데리고 올지 모른다. 그것은 이해하기 힘든 세계에 대한 놀라움 그 자체인 남자가 아니라, 모자란 부분도 상처받은 적도 뒤틀린 곳도 없는 아름다운 구슬과 같은 남자일지도 모른다. 어느 쪽이면 어때. 어떤 모습이건 다이코가 돌아와 주기만 한다면 그걸로 됐어. 다시는 악의 꽃을 뽑아달라고 하지 않을 거야. 용서해 줘. 용서해 줘. 다이코를 다시 한 번 만날 수 있다면 혀가, 입술이, 내뿜는 숨결에 닿아서 피가 배일 만큼, 그리고 그 피가 미적지근한 대기 속에 잘 섞여들 때까지 외쳐 줄 거야. 다이코, 다이코. 끝도 없이 피어나는 악의 꽃을 가슴에 품은 채 작은 포구의 어두운 수면이 치요코의 속삼임을 비추며 떨고 있었다.

9년 전의 기도, 군조(群像, 2014년 9월호)

바다거북의 밤, MONKEY(vol. 2)

문병, 분게(文藝, 2014년 가을호)

악의 꽃, 와세다문학(2014년 겨울호)

간결하면서 때로는 가슴 저미는 이야기

천사처럼 아름다운 외모에 '갈가리 찢긴 지렁이'처럼 울부짖고 발버둥치는 아들 캐빈을 데리고 홀로 고향 바닷가 마을로 돌아와 부모와 함께 살아가는 사나에. 그래서 늘 그녀의 배경에는 짙은 슬픔의 그늘이 깔려 있는데, 그런 그녀에게 햇살처럼 밝음을 가져다주는 존재가 있다.

그 존재는 동네 신사에 안치된 신이 아니다. 같은 동네에서 살아가는 '밋짱 언니'라는 평범한 아주머니다. 그 아주머니의 아들 다이코가 아프다. 그래서 문섬의 백사장에 널려 있다는, 재앙을 쫓아내는 조개껍질을 주우러 아들 캐빈을 데리고 간다. 그 섬에서 그녀는 문득 갯내음, 바람, 햇살, 땀 냄새, 집, 그물, 배와 같은 현실적인 것들이 '자의식을 향해 한꺼번에 밀려드는' 느낌에 사로잡힌다. 그녀는 현실을 의식 앞에 선명하게 펼쳐 놓은 상태에서 밋짱 언니라는 존재의 의미를 깨닫게 된다.

9년 전 캐나다 단체여행 때 몬트리올의 전철 역에서 시골 아줌마들이 서로 잡은 손을 놓치는 바람에 두 사람을 잃어버리고 만다. 그때 두 사람을 기다리며 교회에서 기도를 올리던 밋짱 언니의 모습을 떠올리며 사나에는 아주 평범한 진실을 깨닫고 환희에 빠진다. 그 밋짱 언니 또한 어려서부터 감정표현이 없고 말도 느리고 동작이 굼뜬 아들 다이코의 손을 잡고 긴 세월 살아 온 사람이 아니던가. 사나에가 깨달은 것 또한 아들의 손을 잡고 눈앞에 펼쳐진 바로 이런 현실을 살아가야 한다는 참으로 평범한 진실이었다.

파도치는 바닷가 언덕에서 그녀는 어떤 영상을 본다. 밋짱 언니가 지금 뇌수술을 하고 병실에 누운 아들 다이코의 손을 잡고 힘차게 앞을 향해 걸어가는 모습이다. 사나에는 그 순간 안도의 한숨을 내쉬고 환희의 눈물을 흘리며 '갈가리 찢긴 지렁이'인 캐빈과 자신에게 주어진 것, 펼쳐진 모든 현실을 받아들이고 해방감을 얻는다. 캐빈은 분명 그녀의 일상에서 짙은 그늘이고 구속이며 고통이다. 그러나 그 현실이 현실임을 받아들이는 어떤 순간의 깨달음에 이르러 그녀는 해방된다. 여기에서 끝도 없이 구불구불 굽이치는 리아스식 바닷가 마을은 구속과 해방이 동시적 사태로 펼쳐지는 회귀의 장소로 변신한다. 아니, 이미 그것은 회귀와 환희의 장소였을지도 모른다.

대학수업을 땡땡이치고 그 리아스식 바닷가로 여행을 온 대학생 셋이 알을 낳고 바다로 돌아가는 거북 한 마리를 뒤집어

놓고는 백사장에 널브러져 있다. 잇페이다는 언젠가 와 보았던 아버지의 고향에 친구 둘을 데리고 왔다. 뒤집어진 거북의 발이 허공을 젓는다. 아마도 그것은 그 청년들이 살아가는 시간의 메타포일 것이다.

거북을 뒤집어 놓은 유마는 그 바닷가를 지나면서 묘한 느낌에 사로잡혔다. 사람이 사는 집들, 폐가, 도로, 비릿한 갯내음, 부패와 죽음의 냄새가 깔린 그 장소에 대해 왜 깨끗하다느니 아름답다느니 하는 느낌을 받을까, 그는 의아해한다. 그때 어떤 목소리가 그의 내면에서 들려온다. "죽은 자와 산 자가 같이 지내고 있다."라는 소리였다. 살아가는 것과 죽은 것이 공존하는 곳, 그 장소가 그의 내면이나 그의 지금과 필연적으로 이어졌음을 느끼게 했고, 그것이 청정함과 아름다움의 감정을 불러일으킨 것이다. 그는 바다거북을 온전하게 되돌려 놓는다.

잇페이다는 흐릿한 기억을 더듬어 할아버지의 집을 찾아갔으나 그곳은 다이코라는 사람이 사는 집이었다. 그 집에서 만난 많이 늙고 지친 치요라는 할머니와 이웃 할아버지의 말로는 그 다이코가 뇌수술을 받아 대학병원에 입원 중이라는 섯이었다. 다이코라는 이름의 울림에 잇페이다는 묘하게 이끌린다. 지금 입원 중인 어머니와 같은 병으로 수술을 받았다는 말 때문일까 하고 생각한다. 그는 어머니가 위독하다는 갑작스런 연락을 받고 바닷가에서 술잔을 기울이고 있던 아저씨들의 도움을 받아 공항으로 간다. 차를 태워다 주며 그에게 비행기 삯까지 빌려 주는 도시야는 바로 그 잇페이다의 아버지 마코토(한때는 자주 같이 술집을 드나들던 동네 형으로 지금은 말기암 환자인)의 일상을 보살펴 주는 사람이기도 하다. 그런 그가 어머니의 병실을 향해 서두르는 잇페이다를 돕고 있다. 그는 잇페이다―다이코―마코토―그의 아내를 이어주는 고리이며 그물코 같은 존재이다. 그러나 이들 각자가 모두 다른 개체들을 이어주는 연쇄의 고리일지도 모른다.

치요 할머니는 이 바닷가 마을 사람들의 저주를 받았고 배제되었다. 시어머니는 그녀를 부정했다. 이제 죽음에 가까운 나이가 되어 그녀는 거울을 바라보다가 그 시어머니의 모습이 자신의 얼굴에 겹치는 강렬한 느낌에 사로잡히면서 저도 모르게 눈길을 돌리고 만다. 그때, 치요는 방 안 곳곳에 피어난 제각기 다른 꽃이면서 같은 꽃을 본다. 그녀는 거기에 이름을 준다. '악의 꽃.' 사람을 죽음으로 이끄는 꽃이다.

다이코는 다리가 불편해서 성묘를 할 수 없는 그녀를 대신해서 늘 무덤에 꽃을 꽂아 주었다. 그 다이코가 아파서 입원을 했다. 그녀는 다이코를 기다린다. '결손된 부분도 상처받은 적도 뒤틀린 곳도 없는 아름다운 구슬 같은 남자.' 이제는 중년이 되어 버린 다이코를 위해서라면 그 아픔을 대신해서 죽을 수 있다고 생각한다. 다이코가 치요 그녀에게는 산 자의 삶을 지탱해 주고 죽은 자를 어루만져 주는 아름다운 보석 같은 존재다. 또한 그녀는 자신을 부정했던 시어머니 그 여자와 동일성을 절감하며 자신을 배제했던 동네 사람들마저도 모두 끌어안는다. 치요에게는 삶과 죽음을 이어주는 아름다운 존재가 있다. 자폐아 다이코, 단 하나의 결점도 없는 보석 같은 존재 다이코가 있을 따름이다.

　이 소설은 연작이다. 구불구불 속절없이 이어지는 리아스식 바닷가 마을, 갇힌 삶과 그 삶의 해방을 동시에 가능하게 하는 회귀의 장소를 설정하고 그곳에서 슬픔 고통 환희를 살아가는 사람들의 모습을 간결하면서 때로는 가슴 저미는 문체로 그려냈다. 아름다운 작품이다.

2016년 5월
양억관

오노 마사쓰구 小野正嗣

1970년 오이타 현에서 태어났다. 도쿄대학 교양학부를 졸업하고 동대학원 종합문화연구과 언어정보과학전공 박사과정을 중퇴했으며 파리 제8대학에서 박사학위를 받았다. 현재 릿쿄대학 문학부 문예사상전수 준교수로 재직하고 있다. 2001년 『물에 잠긴 묘지』로 제12회 아사히 신인 문학상을 수상했고, 2002년 『번잡한 포구에 감싸인 배』로 제15회 미시마유키오 문학상을 수상했다. 2015년 이 책 『9년 전의 기도』로 제152회 아쿠타가와 문학상을 수상했다. 그 외에 『숲의 한 구석에서』『마이크로 버스』『선로와 강과 어머니가 섞이는 곳』『포구에서 매그놀리아의 정원으로』『밤보다도 큰』『사자의 코』 등의 작품이 있다.

양억관

번역가. 번역 작품으로 『코인로커 베이비스』『69』『공생충』『한없이 투명에 가까운 블루』『노르웨이의 숲』『언더그라운드』『색채가 없는 다자키 쓰쿠루와 그가 순례를 떠난 해』『용의자 X의 헌신』『공부는 왜 하는가』『살아가는 의미』『열네 살』(만화)『중력 삐에로』『조제와 호랑이와 물고기들』 등이 있다.

9년 전의 기도

지은이_오노 마사쓰구
옮긴이_양억관

2016년 5월 24일 1판 1쇄 인쇄
2016년 5월 30일 1판 1쇄 발행

펴낸이_황재성 · 허혜순
책임편집_조창원
디자인_Color of Dream

펴낸곳_무소의뿔
(04030) 서울시 마포구 동교로 136
신고번호 제2012-000255호
신고일자 2012년 3월 20일
전화 02-323-1762 팩스 02-323-1715
이메일 musobook@naver.com
www.facebook.com/musobooks
ISBN 979-11-86686-09-6 03830

무소의뿔은 도서출판연금술사의 문학 브랜드입니다.
이 도서의 국립중앙도서관 출판예정도서목록(CIP)은
서지정보유통지원시스템 홈페이지(http://seoji.nl.go.kr)와
국가자료공동목록시스템(http://www.nl.go.kr/kolisnet)에서
이용하실 수 있습니다. (CIP제어번호: CIP2016012840)